BLOOD RAIN 2
mio murao

BLOOD RAIN 2

SOMMAIRE

mio murao

WEEEOOO
WEEEOOO
épisode 10: domination
DING DONG DING DONG
HMM...
AH !!
KYAAA-AAH !!
C... C'EST PAS VRAI...
ELLE EST MORTE...
YUKARI...

RAIN

BLOO

épisode 10 : domination

QUE... QUE SE PASSE-T-IL ?
Y'A EU UN MEURTRE DANS CET IMMEUBLE. UNE JEUNE FILLE, APPAREMMENT.
BON SANG... YUKARI...
ET... ET L'ASSASSIN ? EST-CE QU'IL A ÉTÉ ARRÊTÉ ?
GLUPS
IL A SÛREMENT PAS ATTENDU QUE LA POLICE ARRIVE POUR FILER...
POUSSEZ-VOUS. LAISSEZ PASSER L'AMBULANCE, S'IL VOUS PLAÎT.
KUMI...

JE ME TROUVE DEVANT L'IMMEUBLE OÙ S'EST FAIT ASSASSINER LA NUIT DERNIÈRE HIRANO YUKARI...
Allô ? Kumi est rentrée ?
LA POLICE N'A POUR L'INSTANT DÉCOUVERT AUCUN INDICE CONDUISANT À LA PISTE DU MEURTRIER.
TOUTEFOIS, L'ABSENCE DE SIGNES D'EFFRACTION ET DE VOL CONDUIT À PENSER...
NON... TOU-JOURS AUCUNE NOU-VELLE...
QUE LE TUEUR EN VOULAIT PERSONNELLEMENT À SA VICTIME.
TU... TU CROIS QUE C'EST KUMI QUI A...
NE DIS PAS N'IMPORTE QUOI, RINKO ! KUMI NE FERAIT JAMAIS UNE CHOSE PAREILLE !
JE SAIS, MAIS... POURQUOI NE RENTRE-T-ELLE PAS ?
ELLE NE PASSE MÊME PAS UN COUP DE TÉLÉ-PHONE...
JE NE COM-PRENDS PAS...
...

LOVE
SWUP

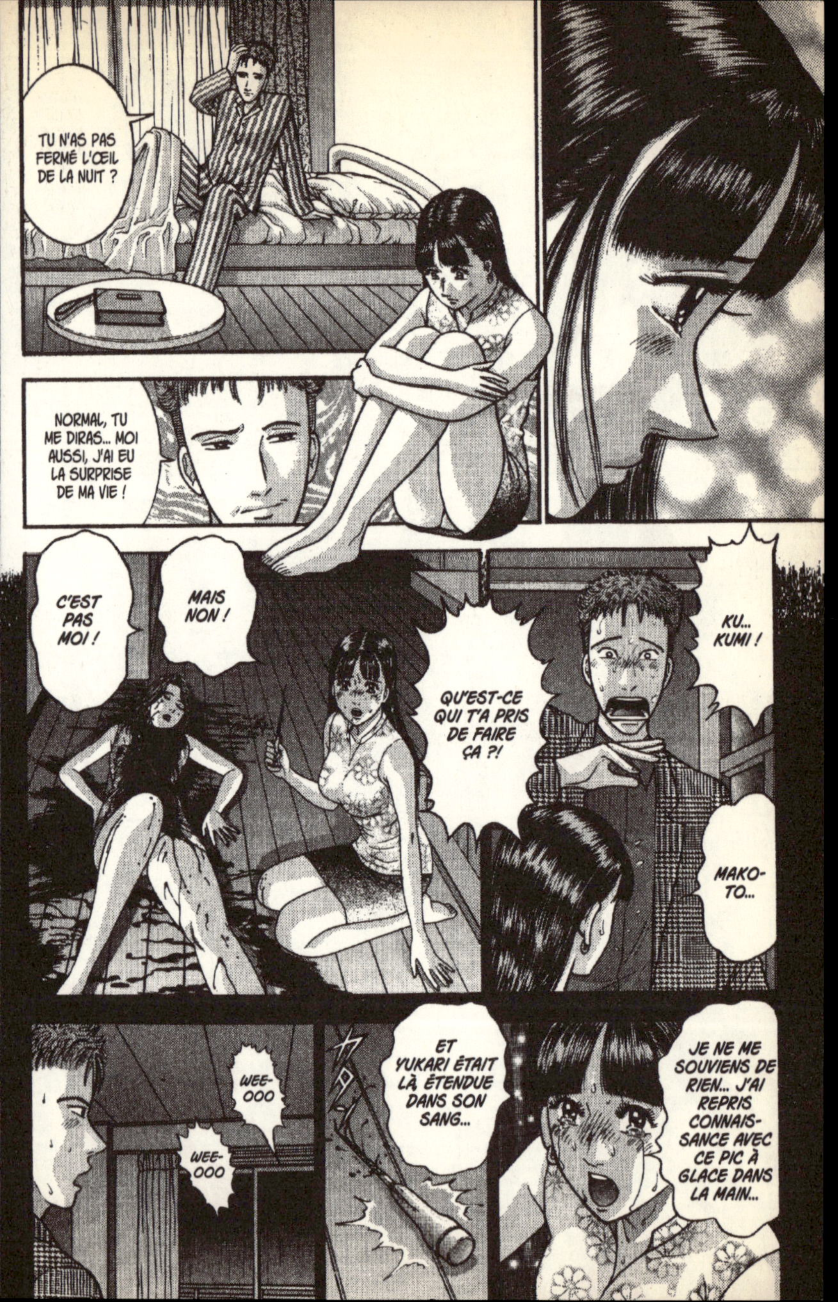
TU N'AS PAS FERMÉ L'ŒIL DE LA NUIT ?
NORMAL, TU ME DIRAS... MOI AUSSI, J'AI EU LA SURPRISE DE MA VIE !
KU... KUMI !
QU'EST-CE QUI T'A PRIS DE FAIRE ÇA ?!
MAIS NON !
C'EST PAS MOI !
MAKO-TO...
JE NE ME SOUVIENS DE RIEN... J'AI REPRIS CONNAIS-SANCE AVEC CE PIC À GLACE DANS LA MAIN...
ET YUKARI ÉTAIT LÀ, ÉTENDUE DANS SON SANG...
WEE-OOO
WEE-OOO

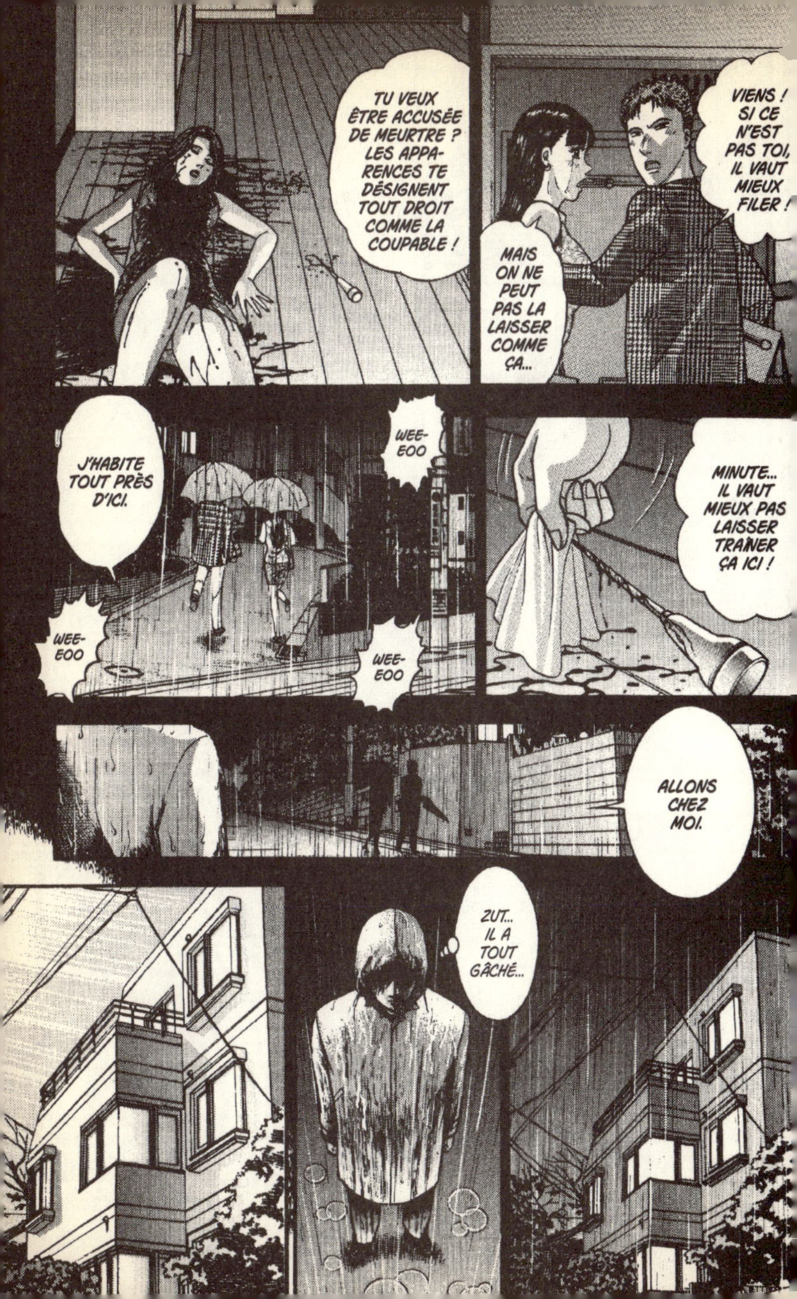
VIENS ! SI CE N'EST PAS TOI, IL VAUT MIEUX FILER !
MAIS ON NE PEUT PAS LA LAISSER COMME ÇA...
TU VEUX ÊTRE ACCUSÉE DE MEURTRE ? LES APPARENCES TE DÉSIGNENT TOUT DROIT COMME LA COUPABLE !
MINUTE... IL VAUT MIEUX PAS LAISSER TRAÎNER ÇA ICI !
WEE-EOO
J'HABITE TOUT PRÈS D'ICI.
WEE-EOO
WEE-EOO
ALLONS CHEZ MOI.
ZUT... IL A TOUT GÂCHÉ...

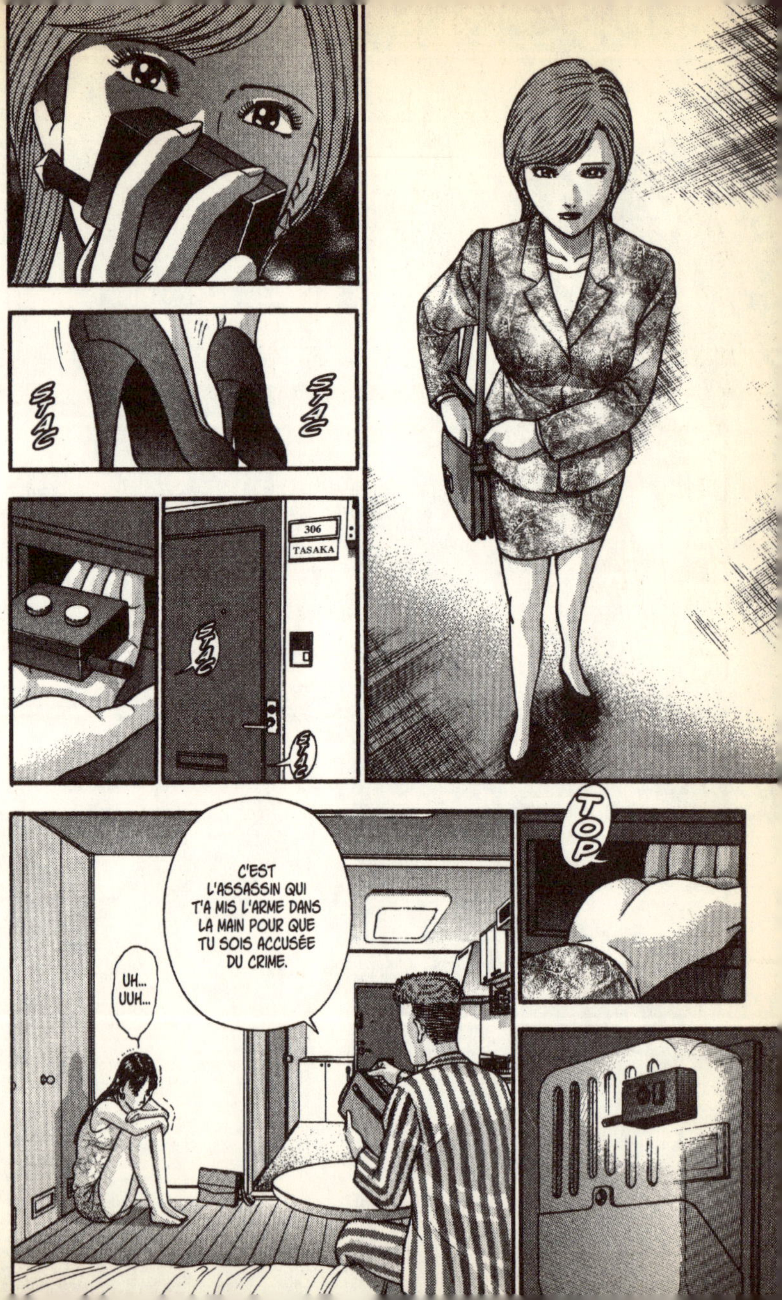
STAC
STAC
306
TASAKA
STAC
STAC
UH... UUH...
C'EST L'ASSASSIN QUI T'A MIS L'ARME DANS LA MAIN POUR QUE TU SOIS ACCUSÉE DU CRIME.
TOP

Pourquoi fallait-il que yukari soit tuée ainsi ?!
POURQUOI ...
JE ME CHARGE DE ME DÉBARRASSER DE CE PIC À GLACE.
ARRÊTE DE PLEU-RER.
QUELLE STUPEUR EN VOYANT LES INFORMATIONS, CE MATIN !
L'IMMEUBLE OÙ A EU LIEU CE MEURTRE, C'EST CELUI OÙ J'AI ACCOMPAGNÉ KUMI HIER SOIR !
Essaie de dormir un peu. Tu as besoin de repos.
NE DITES PAS DE BÊTISES.
J'ESPÈRE QU'ELLE N'EST PAS IMPLIQUÉE DANS CETTE AFFAIRE...
...
HUM... C'EST QUAND MÊME BIZARRE QU'ELLE SOIT ABSENTE AUJOURD'HUI SANS PRÉVE-NIR...

ALORS ELLE N'EST PAS VENUE AU TRAVAIL...
JE M'ÉTAIS DIT QUE VOUS SAURIEZ PEUT-ÊTRE QUELQUE CHOSE...
NON... MAIS POURQUOI AURAIT-ELLE DISPARU ?
EH BIEN, EN FAIT... YUKARI, UNE AMIE, L'A APPELÉE POUR LUI DIRE DE PASSER CHEZ ELLE ET...
YUKARI, C'EST BIEN CETTE FILLE AVEC QUI TU AS COUCHÉ, N'EST-CE PAS... ?
EUH... LÀ N'EST PAS LA QUESTION... JE SUIS SANS NOUVELLES DE KUMI ET ÇA M'INQUIÈTE.
IL S'EST PEUT-ÊTRE PASSÉ QUELQUE CHOSE ENTRE ELLES DEUX...
BEN... À VRAI DIRE...
YUKARI A ÉTÉ RETROUVÉE MORTE.
SI KUMI SE CACHE DÉLIBÉRÉMENT...
C'EST PEUT-ÊTRE EFFECTIVEMENT QU'ELLES SE SONT DISPUTÉES...
ET QU'ELLE A...

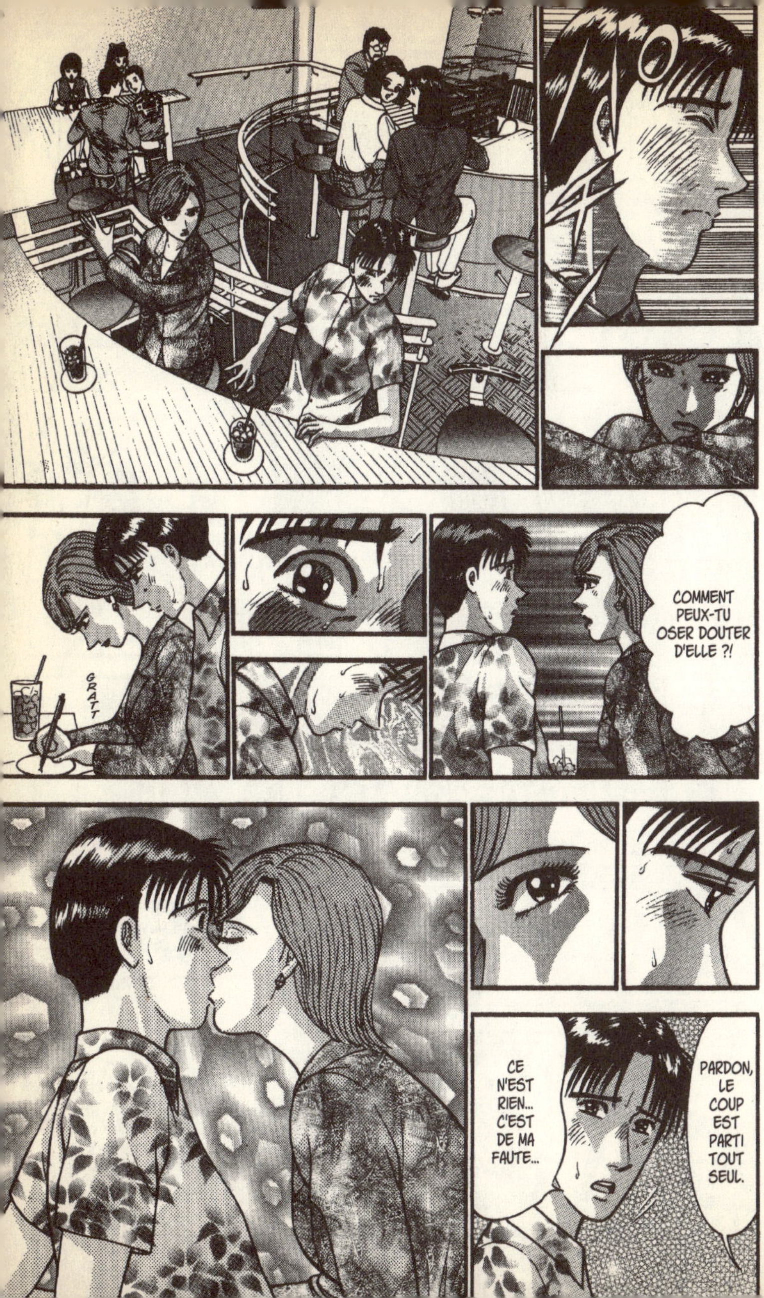
GRATT
COMMENT PEUX-TU OSER DOUTER D'ELLE ?!
PARDON, LE COUP EST PARTI TOUT SEUL.
CE N'EST RIEN... C'EST DE MA FAUTE...

EN CAS DE PROBLÈME OU SI TU AS BESOIN DE QUELQU'UN AVEC QUI PARLER...
N'HÉSITE PAS À M'APPELER.
(090) 3297-0X0X
JE SUIS DÉSOLÉ, MADEMOISELLE, MAIS C'EST L'HEURE DE LA FERMETURE...
MADEMOISELLE... ?
...
SWUP
POURQUOI TOUS LES HOMMES ONT-ILS CETTE ENVIE DE DOMINATION ENVERS LES FEMMES ?
HEIN ?

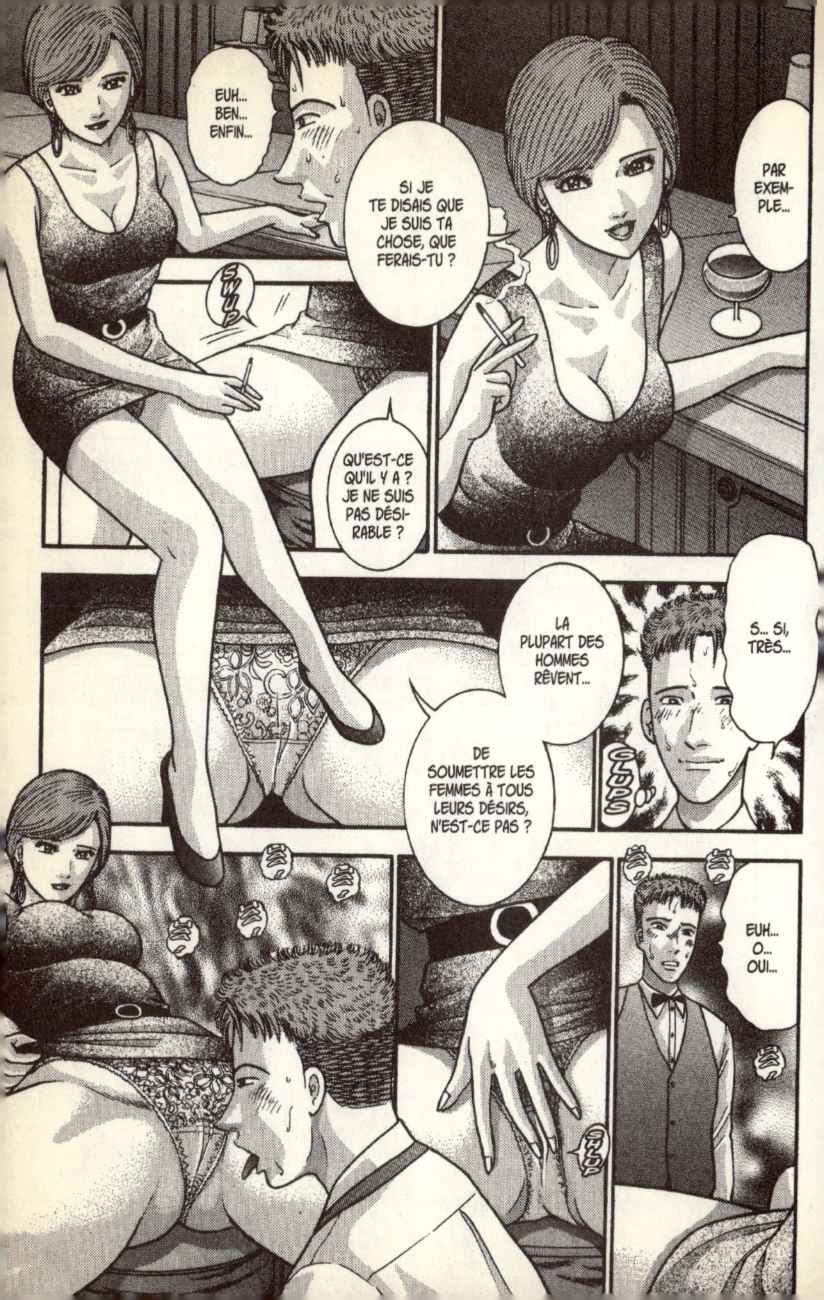
PAR EXEMPLE...
SI JE TE DISAIS QUE JE SUIS TA CHOSE, QUE FERAIS-TU ?
EUH... BEN... ENFIN...
SWUP
QU'EST-CE QU'IL Y A ? JE NE SUIS PAS DÉSIRABLE ?
S... SI, TRÈS...
GLUPS
LA PLUPART DES HOMMES RÊVENT...
DE SOUMETTRE LES FEMMES À TOUS LEURS DÉSIRS, N'EST-CE PAS ?
EUH... O... OUI...
SHLUP

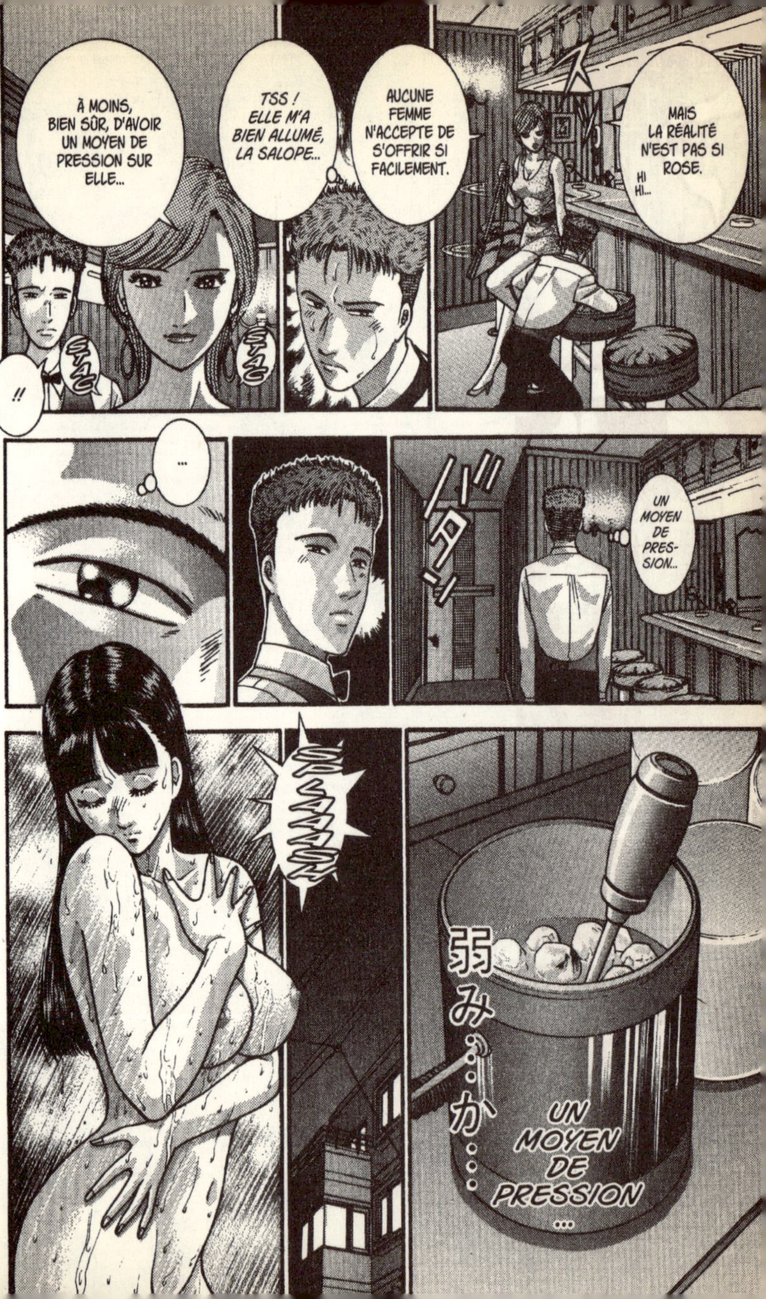
MAIS LA RÉALITÉ N'EST PAS SI ROSE.
HI HI...
AUCUNE FEMME N'ACCEPTE DE S'OFFRIR SI FACILEMENT.
TSS ! ELLE M'A BIEN ALLUMÉ, LA SALOPE...
À MOINS, BIEN SÛR, D'AVOIR UN MOYEN DE PRESSION SUR ELLE...
!!
UN MOYEN DE PRES-SION...
...
弱み...か...
UN MOYEN DE PRESSION ...

MERCI BEAUCOUP POUR HIER SOIR.
DIS, ÇA T'ENNUIE DE ME PRÊTER TON PORTABLE ?
AH... MAKOTO...
JE NE T'AI PAS ENTENDU RENTRER...
!!
RINKO DOIT S'INQUIÉTER.
ILS ONT DÛ PARLER DU MEURTRE DE YUKARI AUX INFOS. ELLE DOIT ÊTRE EN ÉTAT DE CHOC.
...
ELLE N'A DONC DIT À PERSONNE QU'ELLE EST LÀ..
TU NE L'AS PAS ENCORE PRÉVENUE ?
ALORS, ÇA T'EMBÊTE PAS ?
NON... LES BATTERIES DE MON PORTABLE SONT À PLAT...

TULULULULU
ALLÔ ?
Mako-to ? C'est moi, Taichi...
Tu ne saurais pas où est Kumi ?
Tu étais proche de Yukari, non ? Tu allais souvent chez elle, à ce qu'il paraît.
Elle avait invité Kumi à passer chez elle hier soir. Tu n'es au courant de rien ?
BIP
DÉSOLÉ, JE PEUX PAS T'AIDER. MAINTENANT, SI TU VEUX BIEN M'EXCUSER, J'AI DU LAIT SUR LE FEU.

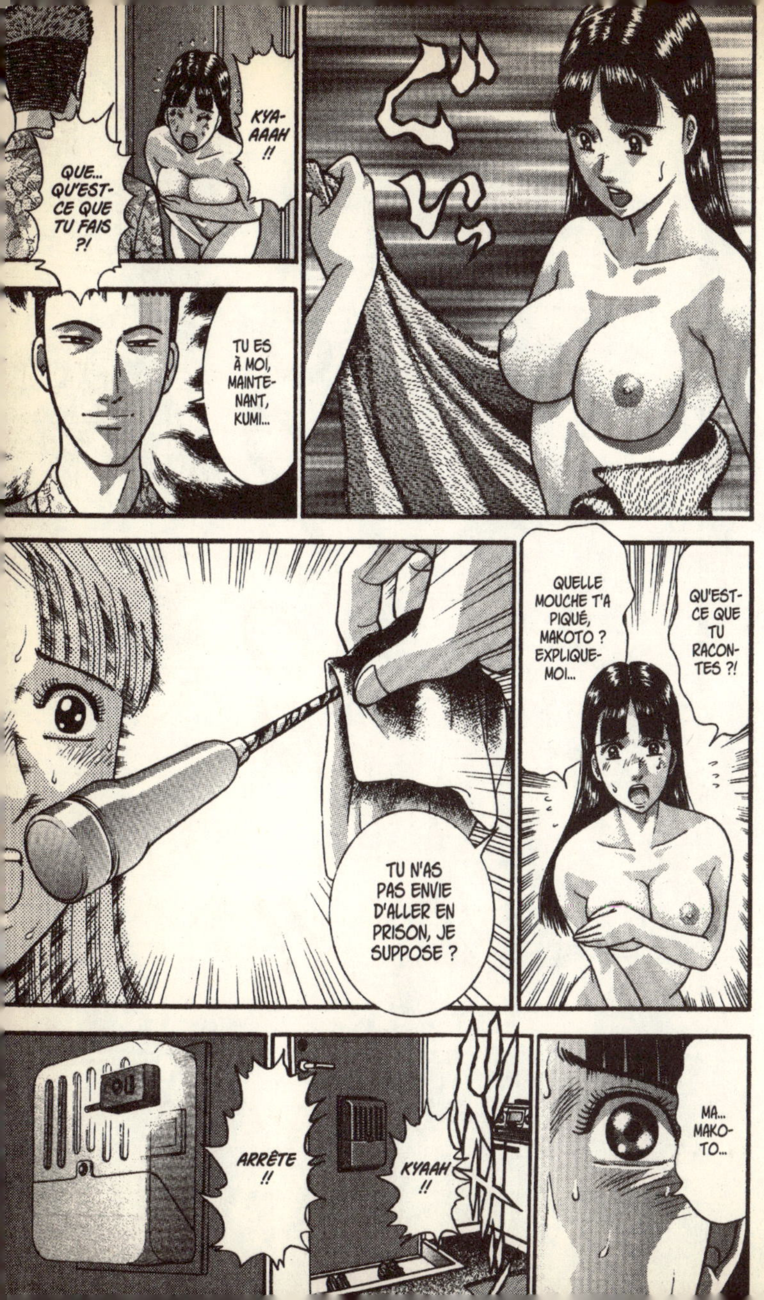
KYA-AAAH !!
QUE... QU'EST-CE QUE TU FAIS ?!
TU ES À MOI, MAINTE-NANT, KUMI...
QU'EST-CE QUE TU RACON-TES ?!
QUELLE MOUCHE T'A PIQUÉ, MAKOTO ? EXPLIQUE-MOI...
TU N'AS PAS ENVIE D'ALLER EN PRISON, JE SUPPOSE ?
MA... MAKO-TO...
KYAAH !!
ARRÊTE !!

NOOOON !!

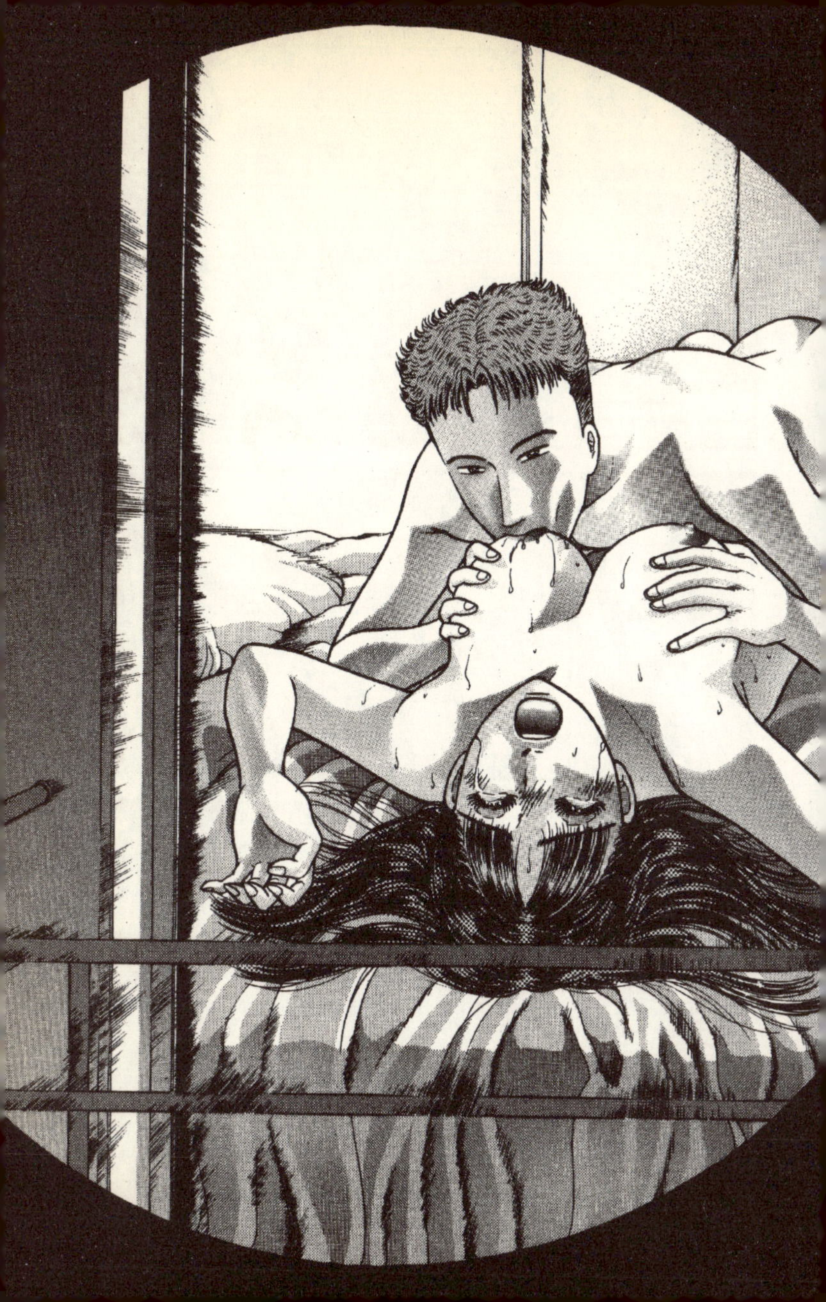

NON, PAS ÇA... ARRÊTE, JE T'EN PRIE...
C'EST ÇA...
堕ちろ
TU VAS TOUCHER ...
堕ちろ
堕ちろ
LE FOND...
私が味わった
ET GOÛTER AUX AFFRES ...
絶望の果てまで!!
DU DÉSESPOIR QUE J'AI CONNUES !!

épisode 11: soumission
VOILÀ, VOILÀ...
'SOMMEIL...
BiP
Allô, rinko... ? C'est moi...
KUMI ?!
OÙ ES-TU ?! ÇA FAIT DEUX JOURS QUE J'ATTENDS UN COUP DE FIL !
Han...
?
Han... Han... Han...
Ne... Ne t'inquiète pas pour moi...
Je... Je vais rester chez un ami pendant quelque temps...
UN AMI ? MAIS QUI ÇA... ? KUMI ?
Han...
KUMI ? QU'EST-CE QUI SE PASSE ? TOUT VA BIEN ?
Han... Han... Han...
BiP

épisode 11 : soumission

AH BON ? ELLE A TÉLÉPHONÉ CE MATIN ?
OUI. ELLE A DIT QU'ELLE SERAIT ABSENTE PENDANT QUELQUE TEMPS...
J'IMAGINE QU'ELLE DOIT ÊTRE PASSABLEMENT SECOUÉE PAR TOUT CE QUI EST ARRIVÉ DANS SON ENTOURAGE...
PARFAIT... COMME ÇA, IL N'IRA PAS DÉPOSER D'AVIS DE DISPARITION À LA POLICE...
?!
!!
QUELLE JOLIE PETITE MALLETTE. QU'EST-CE QU'IL Y A DEDANS ?
NE TOUCHEZ PAS À ÇA !!
...
C'EST UN OBJET AUQUEL JE TIENS BEAUCOUP.
ET ELLE A RACCROCHÉ BRUSQUEMENT...
AVANT DE M'AVOIR DIT CHEZ QUI ELLE ÉTAIT.
ELLE AVAIT L'AIR BIZARRE.

ENFIN, L'ESSENTIEL C'EST QU'ELLE AIT DONNÉ SIGNE DE VIE...
MAIS POURQUOI NE RENTRE-T-ELLE PAS CHEZ NOUS ? IL DOIT Y AVOIR QUELQUE CHOSE QUI NE VA PAS...
ET PUIS ON NE SAIT MÊME PAS QUI EST CET AMI CHEZ QUI ELLE EST...
KUMI... QUE SE PASSE-T-IL... ?
SI TU NE VEUX PAS QUE JE TE DÉNONCE, RESTE ICI BIEN SAGEMENT.
C'EST COMPRIS ? AUTREMENT, J'IRAIS REMETTRE CE PIC À GLACE À LA POLICE.
OÙ L'A-T-IL CACHÉ ?!
OÙ EST-IL ?!
CE N'EST PAS MOI QUI AI TUÉ YUKARI...

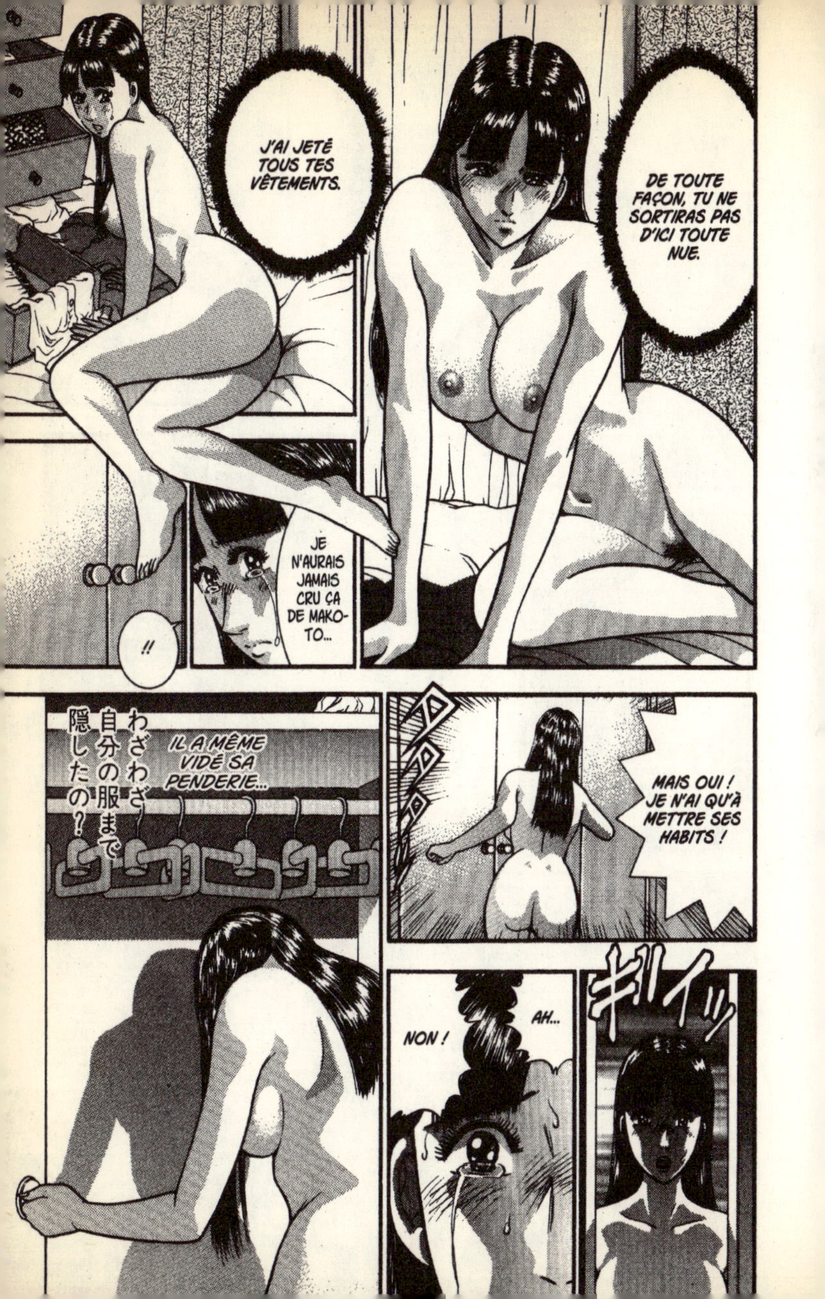
DE TOUTE FAÇON, TU NE SORTIRAS PAS D'ICI TOUTE NUE.
J'AI JETÉ TOUS TES VÊTEMENTS.
JE N'AURAIS JAMAIS CRU ÇA DE MAKO-TO...
!!
MAIS OUI ! JE N'AI QU'À METTRE SES HABITS !
わざわざ自分の服まで隠したの？
IL A MÊME VIDÉ SA PENDERIE...
キリイッ
AH...
NON !

な…なんてひどい男なの…
QUEL SALAUD...
誰かに連絡をとりたくても部屋には電話もないし…結局アイスピックさえも見つからない…
ME VOILÀ ENFERMÉE ICI SANS TÉLÉPHONE POUR PRÉVENIR QUI QUE SOIT. ET IMPOSSIBLE DE TROUVER CE MAUDIT PIC À GLACE...
私…どうすればいいの……
JE SUIS COINCÉE...
TU AIMES LES CHIENS ?
EUH... BEN, OUI...
QU'EST-CE QUE C'EST QUE CETTE QUESTION ?
ILS OBÉISSENT À TOUS LES DÉSIRS DE LEUR MAÎTRE.

IL N'Y A PAS D'ANIMAL PLUS SERVILE.
MAIS DES FOIS, ILS PEUVENT MORDRE.
OUI...
C'EST POUR ÇA QU'IL FAUT D'ABORD LES DRESSER.
LEUR IMPOSER LA SOUMISSION, LEUR MONTRER QUI COMMANDE.
ET IL EN VA DE MÊME AVEC LES FEMMES !
AH ! ATTENDEZ, VOUS OUBLIEZ VOTRE MALLETTE !
SLAM
QUELLE DRÔLE DE CLIENTE...
GLUPS
CLAC
AH !!

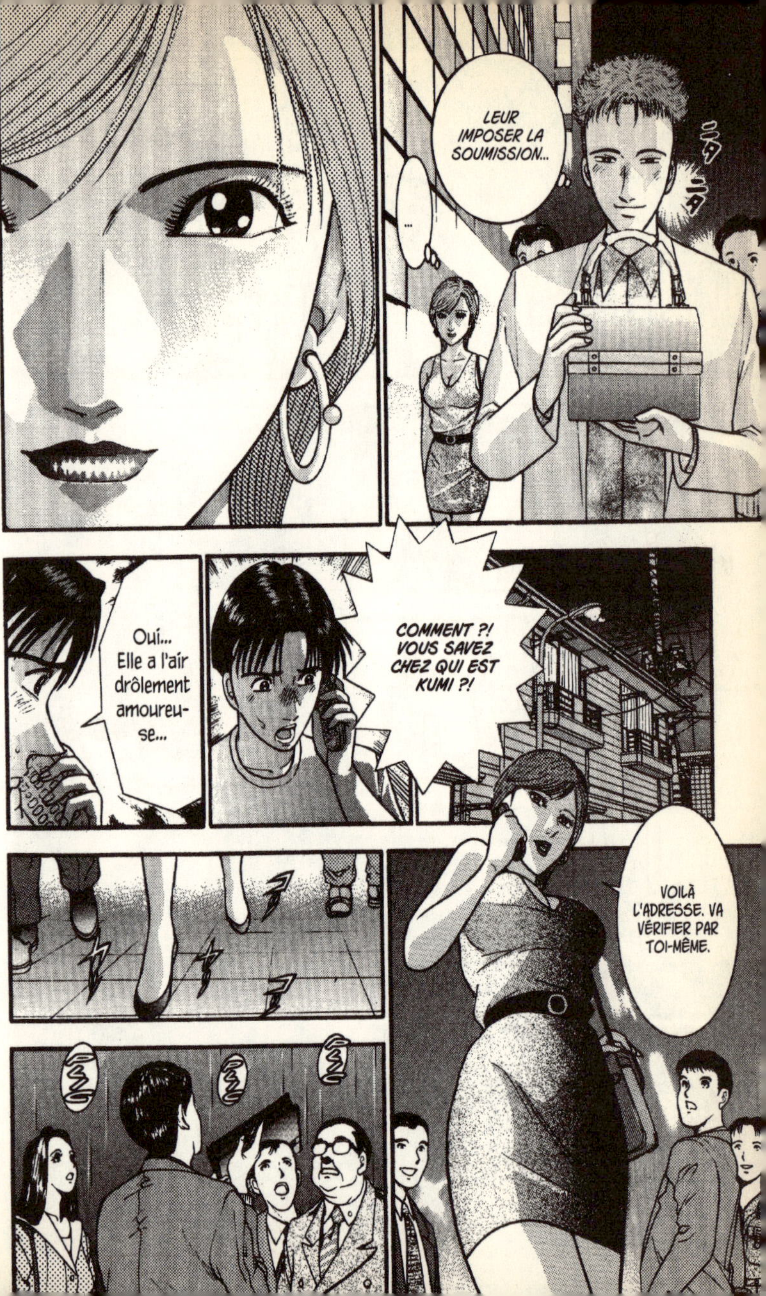
LEUR IMPOSER LA SOUMISSION...
...
COMMENT ?! VOUS SAVEZ CHEZ QUI EST KUMI ?!
Oui... Elle a l'air drôlement amoureu-se...
VOILÀ L'ADRESSE. VA VÉRIFIER PAR TOI-MÊME.

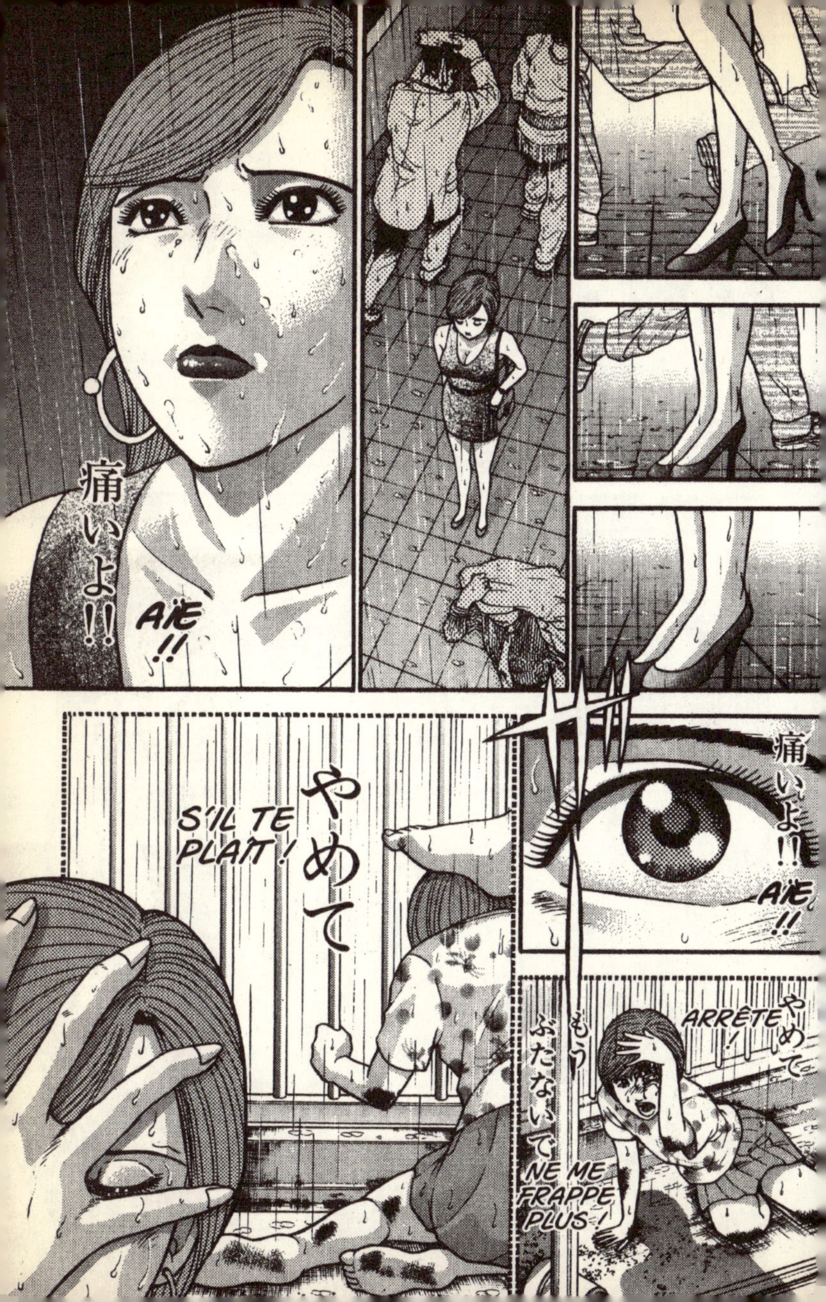

痛いよ!!
AÏE !!
痛いよ!!
AÏE !!
やめて
ARRÊTE !
もうぶたないで
NE ME FRAPPE PLUS !
やめて
S'IL TE PLAIT !

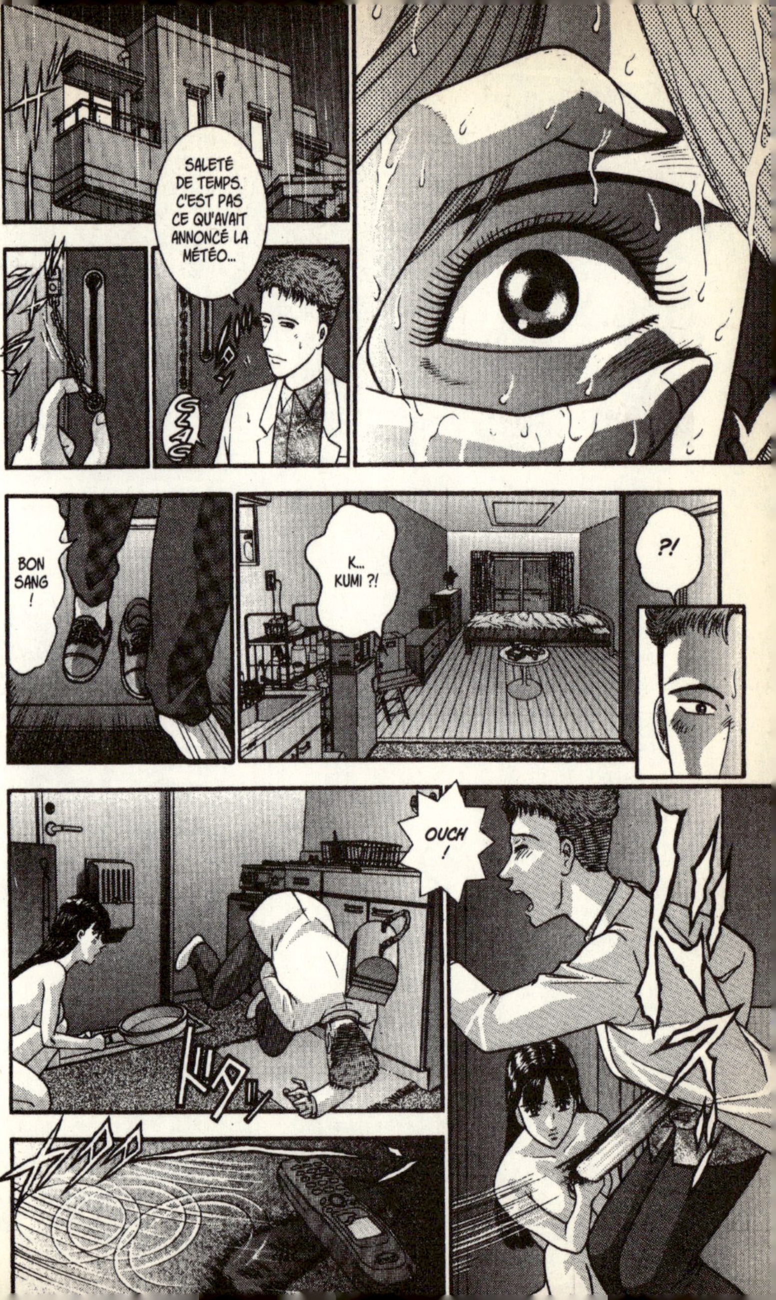
SALETÉ DE TEMPS. C'EST PAS CE QU'AVAIT ANNONCÉ LA MÉTÉO...
?!
K... KUMI ?!
BON SANG !
OUCH !

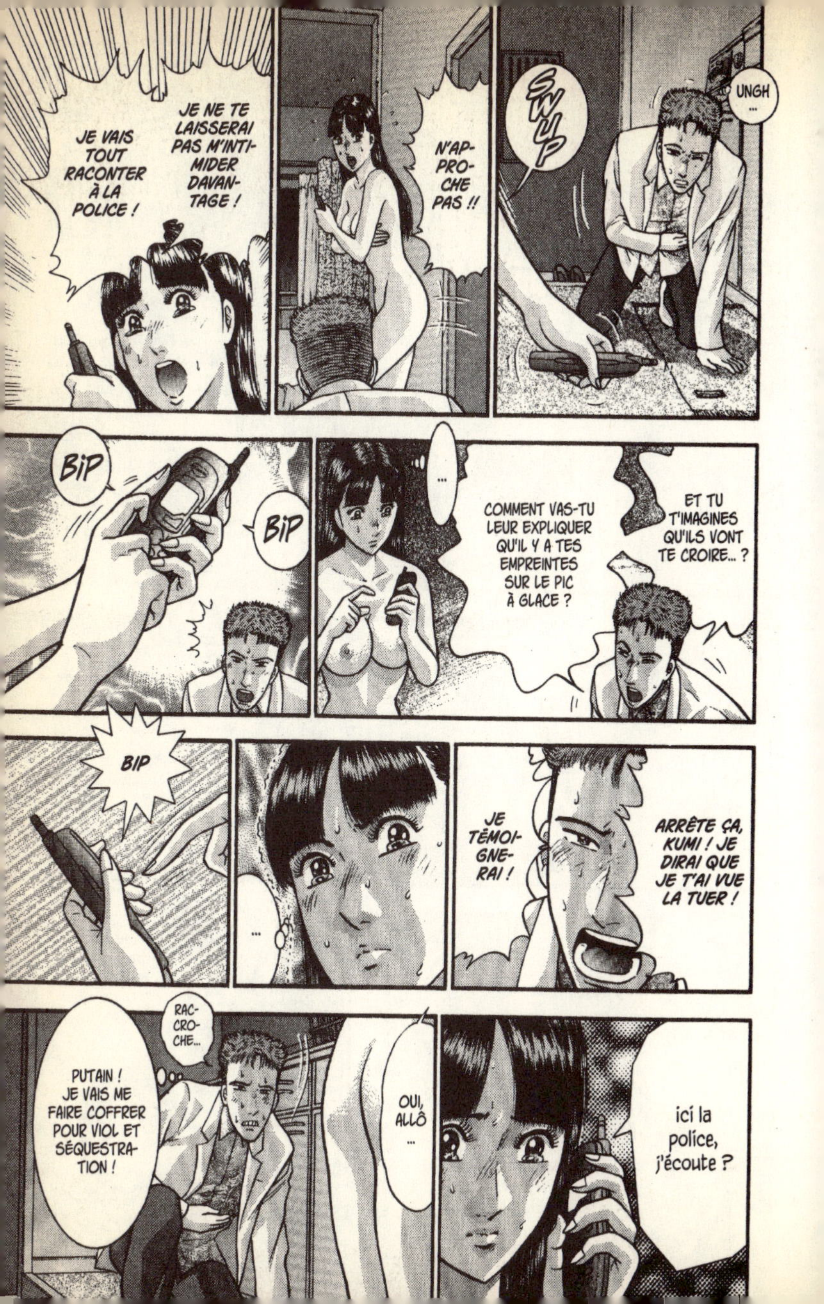
JE VAIS TOUT RACONTER À LA POLICE !
JE NE TE LAISSERAI PAS M'INTIMIDER DAVANTAGE !
N'APPROCHE PAS !!
SWUP
UNGH ...
BiP
BiP
...
COMMENT VAS-TU LEUR EXPLIQUER QU'IL Y A TES EMPREINTES SUR LE PIC À GLACE ?
ET TU T'IMAGINES QU'ILS VONT TE CROIRE... ?
BIP
...
JE TÉMOIGNERAI !
ARRÊTE ÇA, KUMI ! JE DIRAI QUE JE T'AI VUE LA TUER !
RACCROCHE...
PUTAIN ! JE VAIS ME FAIRE COFFRER POUR VIOL ET SÉQUESTRATION !
OUI, ALLÔ ...
ici la police, j'écoute ?

306
HIRANO
?!
DOM
MAKOTO ? C'EST MOI...
TA... TAICHI...
TAICHI... ? QU'EST-CE QUE TU VEUX ?
BIP
OUVRE-MOI, JE T'AI ENTENDU, JE SAIS QUE TU ES LÀ.
DOM
DOM
DOM
C'EST À PROPOS DE KUMI. JE VOUDRAIS TE PARLER.
......
TU LA FERMES, COMPRIS ?
SINON, JE LUI RACONTE TOUT CE QUE JE T'AI FAIT...

BON ALORS TU M'OUVRE OU QUOI !
IL A BEAU ÊTRE TOLÉRANT, JE PENSE QUE ÇA LUI FERAIT UN CHOC.
IL NE POURRA SANS DOUTE PLUS JAMAIS T'AIMER COMME AVANT EN SACHANT QUE TU AS ÉTÉ SOUILLÉE PAR UN AUTRE HOMME.
CLAC
GNIIIC
C'EST PAS UNE HEURE... QU'EST-CE QU'IL Y A ?
JE TE DÉRANGE ? TU N'ES PAS SEUL ?
SI, SI... IL N'Y A PERSONNE...
ALORS ENLÈVE DONC CETTE CHAÎNE ET LAISSE-MOI ENTRER...
ALLEZ, MAKOTO... DIS QUELQUE CHOSE, AU MOINS...
Han...
KUMI NE SERAIT PAS ICI, PAR HASARD ?
Uh...
B... BIEN SÛR QUE NON !
C'EST TA COPINE, PAS LA MIENNE. QU'EST-CE QU'ELLE FERAIT CHEZ MOI ?!

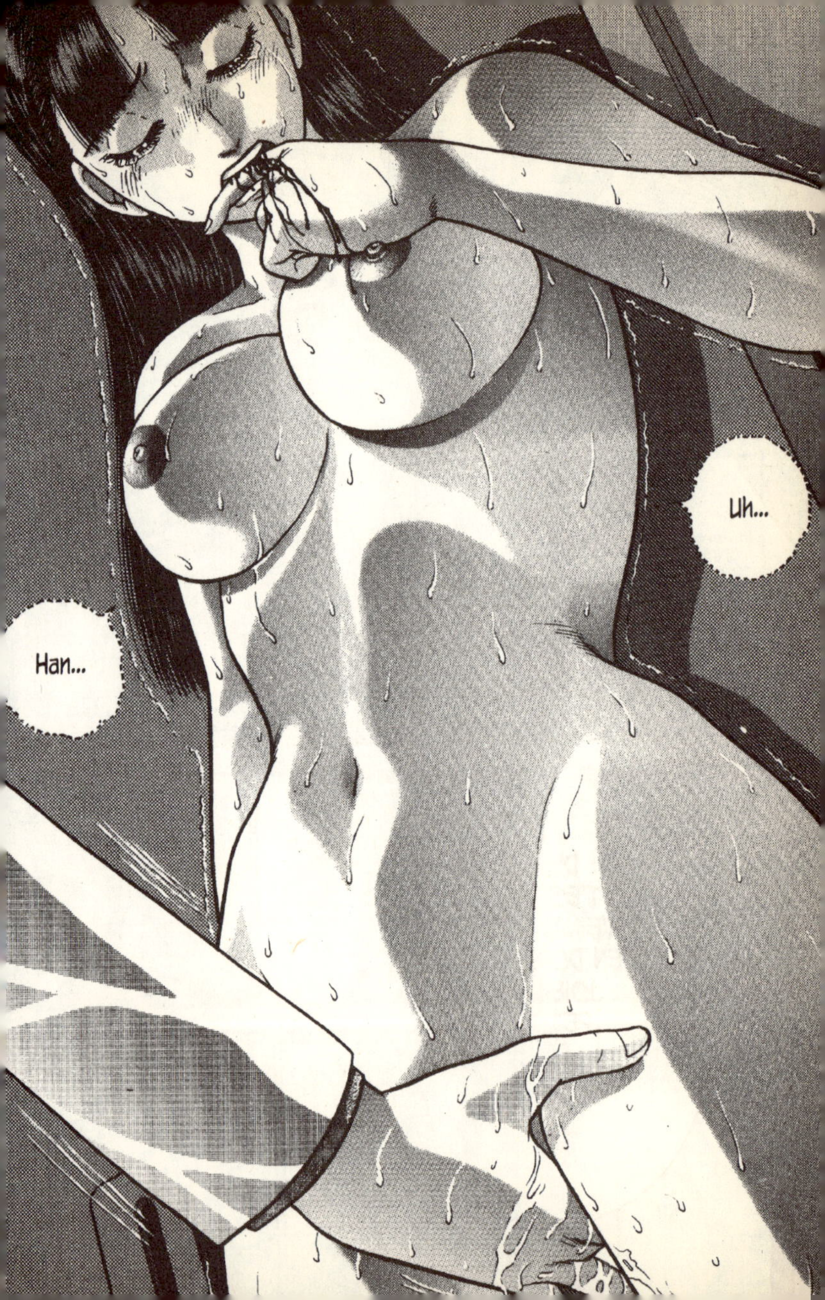
Uh...
Han...

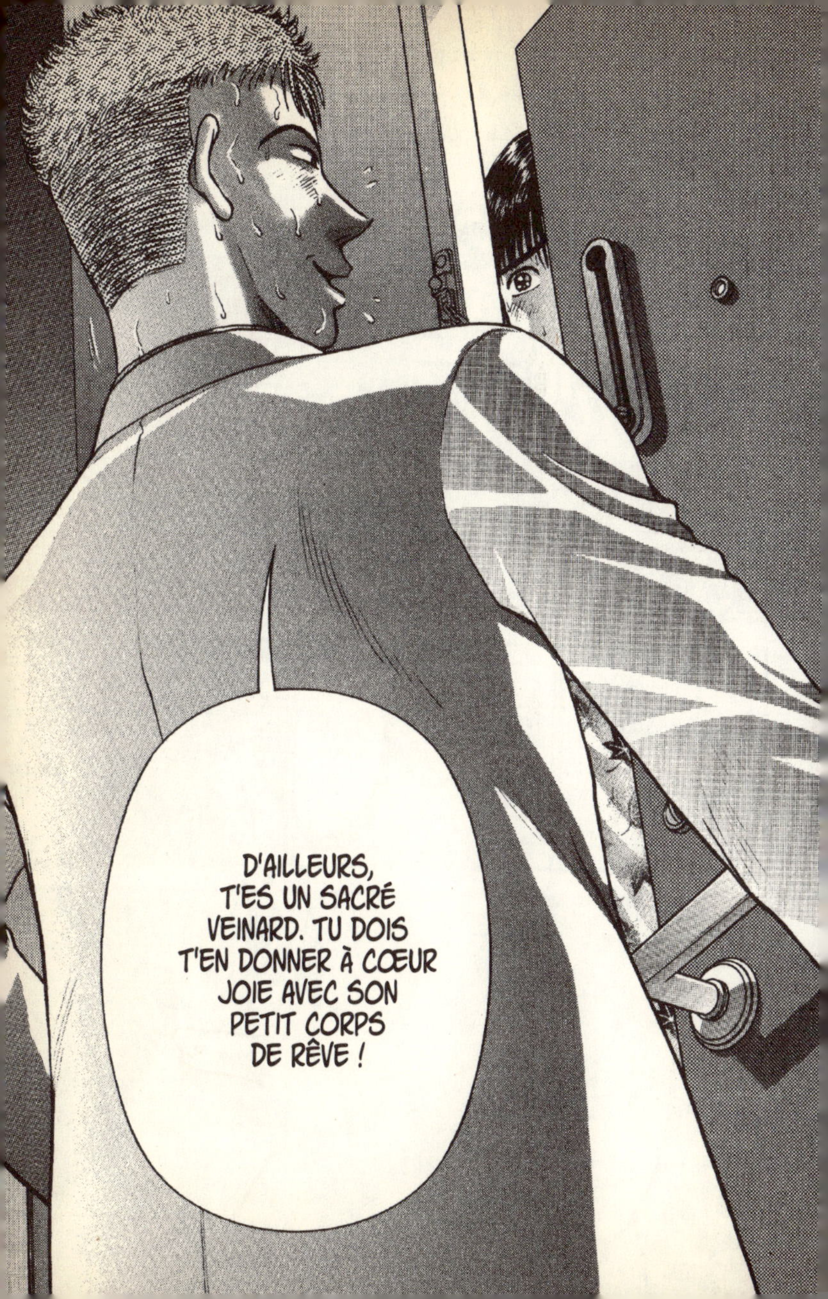
D'AILLEURS, T'ES UN SACRÉ VEINARD. TU DOIS T'EN DONNER À CŒUR JOIE AVEC SON PETIT CORPS DE RÊVE !

...
MAIS POURQUOI TU NE ME LAISSES PAS ENTRER ?
DÉSOLÉ, VIEUX, MAIS J'AI SOMMEIL. CIAO.
AT-TENDS ...
AH !!
......
LES CHAUSSURES DE KUMI ?
ELLE VIT CHEZ UN HOMME.
ELLE A L'AIR TRÈS AMOUREUSE.
...
HÉ HÉ... ALORS T'AS VOULU JOUER À LA MALIGNE, HEIN...

...
CLAP
AH ?!
POUR LA PEINE, JE VAIS TE RÉCOMPENSER...
NON ! ARRÊTE ! QU'EST-CE QUE TU FAIS ?!
JE VAIS TE DRESSER, SALE CHIENNE !

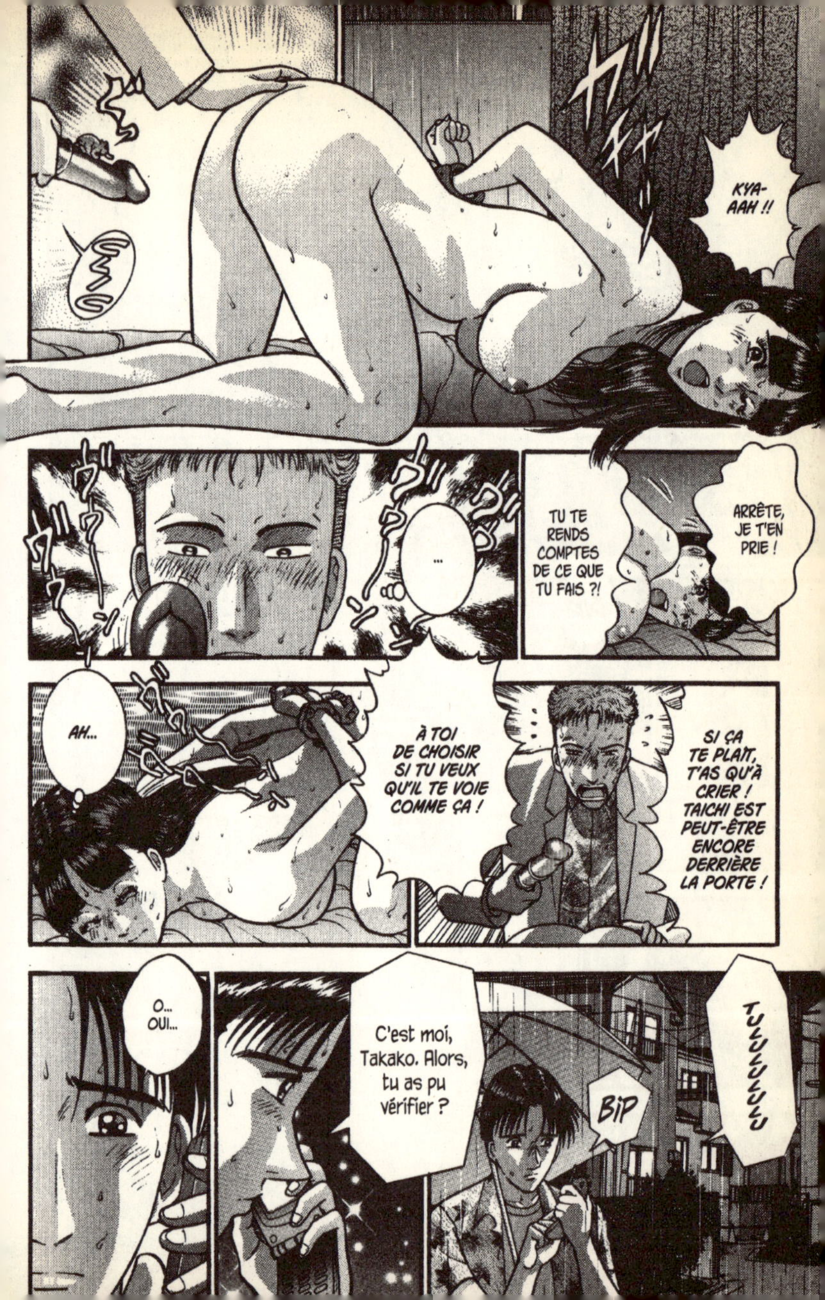
KYA-AAH !!
ARRÊTE, JE T'EN PRIE !
TU TE RENDS COMPTES DE CE QUE TU FAIS ?!
...
SI ÇA TE PLAÎT, T'AS QU'À CRIER ! TAICHI EST PEUT-ÊTRE ENCORE DERRIÈRE LA PORTE !
À TOI DE CHOISIR SI TU VEUX QU'IL TE VOIE COMME ÇA !
AH...
TULULULULU
BiP
C'est moi, Takako. Alors, tu as pu vérifier ?
O... OUI...

J'avais donc raison, elle vit bien avec un autre homme.
Ça a dû te faire un drôle de choc... Mais ne te laisse pas abattre.
On peut se voir, si tu veux.
HEIN ?!
Disons... rendez-vous dans une demi-heure.
BIP
SWUP
ALLEZ ! CRIE DE TOUTES TES FORCES !
POURQUOI TE RETIENS-TU ? TU AS SI PEUR QUE ÇA QUE TAICHI T'ENTENDE ?
BVVVM... BVVVM...
それほど大切な男なら
SI CE GARÇON EST SI PRÉCIEUX POUR TOI...
SWUP

今すぐ壊してあげる!!
JE VAIS M'OCCUPER DE LUI !

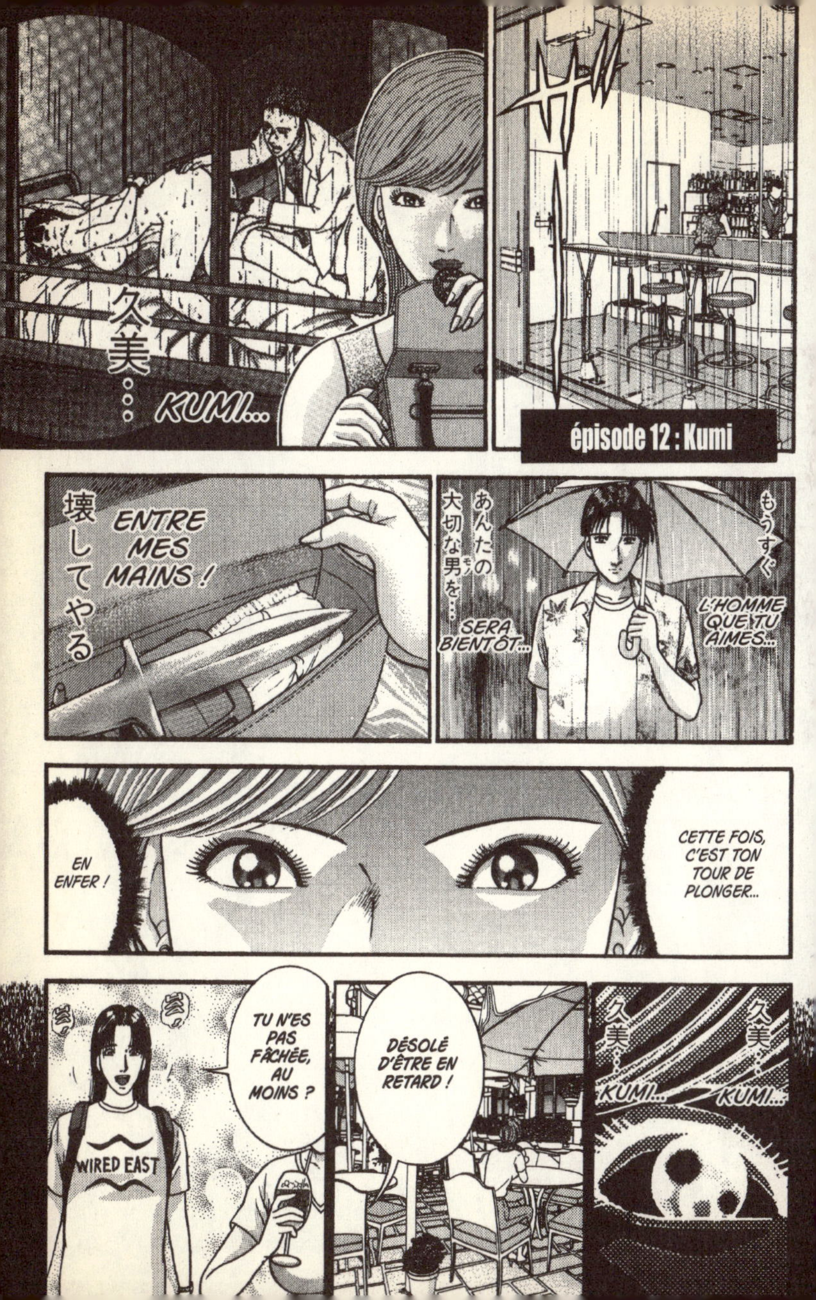
épisode 12 : Kumi
久美…
KUMI...
もうすぐ
L'HOMME QUE TU AIMES...
あんたの大切な男を…
SERA BIENTÔT...
壊してやる
ENTRE MES MAINS !
CETTE FOIS, C'EST TON TOUR DE PLONGER...
EN ENFER !
久美…
KUMI...
久美…
KUMI...
DÉSOLÉ D'ÊTRE EN RETARD !
TU N'ES PAS FÂCHÉE, AU MOINS ?
WIRED EAST

épisode 12 : Kumi

JE T'AI DÉJÀ DEMANDÉ DE NE PAS M'APPELER PAR MON PRÉNOM...
C'EST POURTANT UN JOLI PRÉNOM, KUMI...
MAIS JE PRÉFÈRE QUE TU M'APPELLES AUTREMENT... TÔNO, PAR EXEMPLE.
COMME TU VEUX...
OUPS ! ALLONS-Y, LA SÉANCE VA BIENTÔT COMMENCER !
WIRED EAST
202
OKAMURA RYÛJI
JE T'AIME, KUMI...

KUMI...
NON...
JE NE SUIS PAS KUMI...
学生証
氏名 遠野 久美
1974年7月28日生
番号93561
上記の者は本学の学生であることを証明する。
東京都豊島区○○○ー××××
○×大学長 山田一郎
JE NE SUIS PAS KUMI !!
MON NOM EST TAKAKO... TÔNO TAKAKO...
...
QU'EST-CE QUI M'A PRIS D'ACCEPTER CE RENDEZ-VOUS EN TÊTE À TÊTE...
...

IL EN MET DU TEMPS...
QU'EST-CE QUE JE FOUS ?
EST-CE QUE JE CHERCHE LE RÉCONFORT DE CETTE FEMME ?
QUAND ARRÊTERAI-JE DE FUIR ?
!!
あの時だって…どまん中めがけて投げてれば
CE JOUR-LÀ AUSSI, SI J'AVAIS LANCÉ MA BALLE BIEN DROIT...
AU LIEU DE CHERCHER À FEINTER...
逃げのピッチングなんかしなければ
CE BATTEUR NE SERAIT PAS MORT.

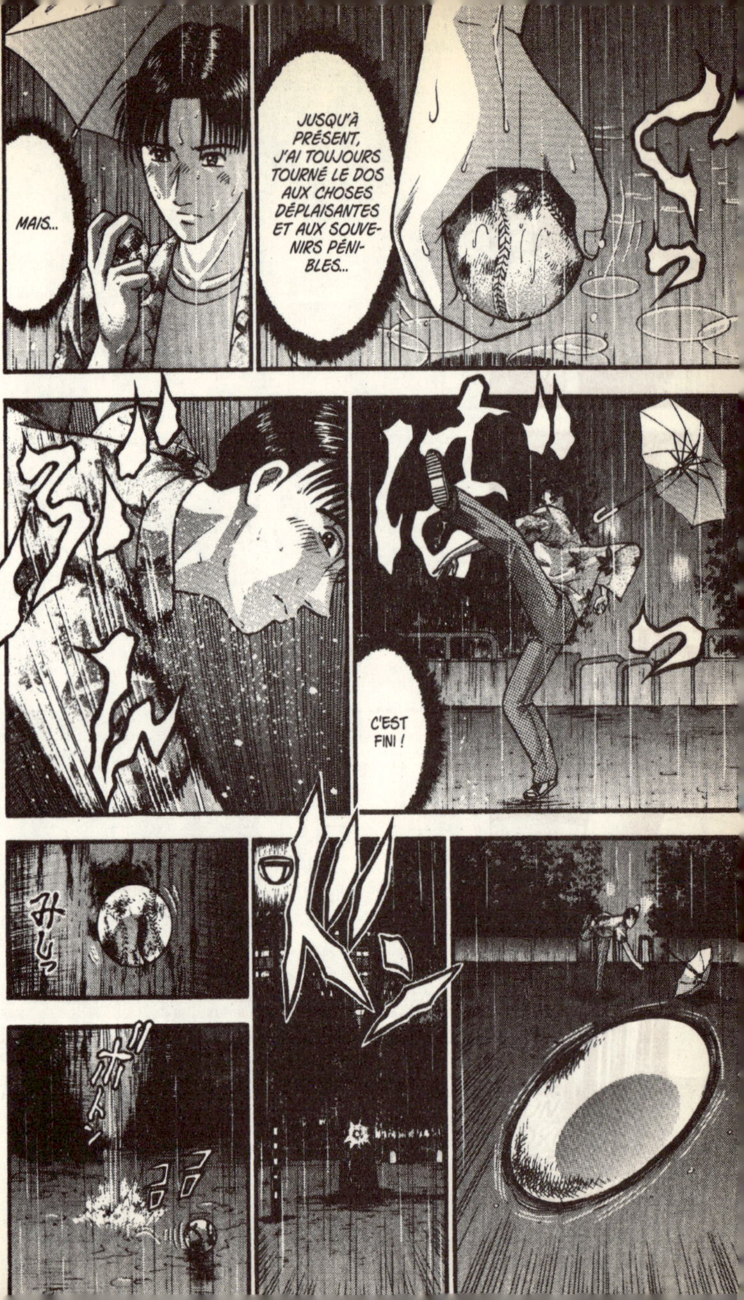
JUSQU'À PRÉSENT, J'AI TOUJOURS TOURNÉ LE DOS AUX CHOSES DÉPLAISANTES ET AUX SOUVENIRS PÉNIBLES...
MAIS...
C'EST FINI !
みしっ

WOW... QU'EST-CE QUE TU MOUILLES...
TAICHI DOIT ÊTRE LOIN DE SE DOUTER QUE SA COPINE RUISSELLE COMME ÇA EN CE MOMENT...
!!
...

ME REGARDE PAS COMME ÇA...
ARRÊTE CES YEUX-LÀ, JE TE DIS !
MOI NON PLUS, J'AVAIS PAS ENVIE D'EN ARRIVER LÀ !
FIGURE-TOI QUE J'AI TOUJOURS ÉTÉ AMOUREUX DE TOI DEPUIS LE LYCÉE !
MAIS JE NE T'INTÉRESSAIS PAS DU TOUT ! TU NE M'AS JAMAIS REGARDÉ !
TU N'EN AVAIS QUE POUR TAICHI...
TU OSES ME REPROCHER ÇA APRÈS CE QUE TU VIENS DE ME FAIRE...

CLOPS !
MAKO-TO ! OUVRE-MOI !!
TAICHI...
...
JE VEUX VÉRIFIER QUELQUE CHOSE ! OUVRE-MOI !
!!
M... MAKO-TO...
CLAC
KUMI !!

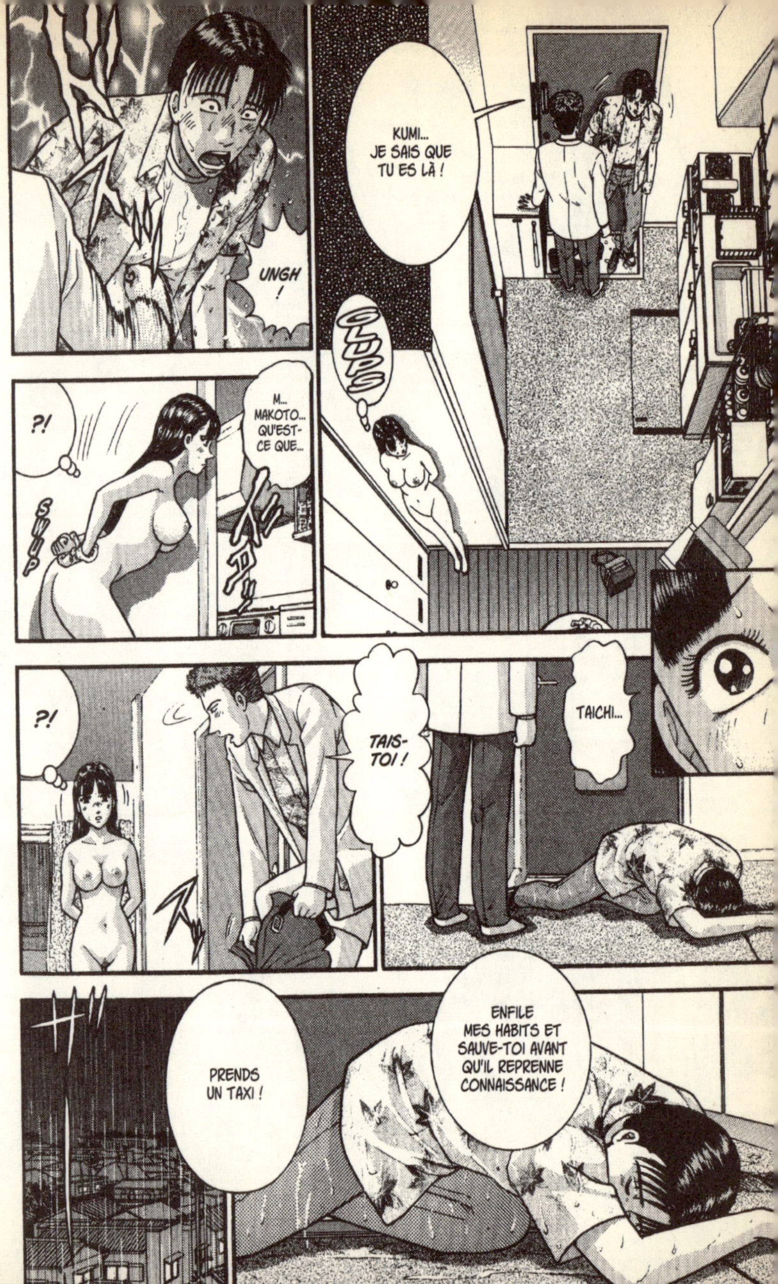
KUMI... JE SAIS QUE TU ES LÀ !
UNGH !
GLUPS
M... MAKOTO... QU'EST-CE QUE...
?!
SWUP
TAICHI...
TAIS-TOI !
?!
ENFILE MES HABITS ET SAUVE-TOI AVANT QU'IL REPRENNE CONNAISSANCE !
PRENDS UN TAXI !

TAI-CHI ...
T'INQUIÈ-TE PAS.
CE QUI S'EST PASSÉ ICI RESTERA ENTRE NOUS DEUX.
VA-T'EN VITE !
UUH...
AH !
LES CHAUSSURES À TALONS ONT DISPA-RU !
C'EST KUMI QUI VIENT DE SORTIR, PAS VRAI ?
QU'EST-CE QUE TU RA-CONTES ?
SI C'EST POUR DIRE N'IMPORTE QUOI, CASSE-TOI !
ALLEZ, DÉGAGE !
ME PRENDS PAS POUR UN CON ! JE SAIS QU'ELLE ÉTAIT ICI !

ÇA ME DÉRANGE PAS QUE TU SORTES AVEC ELLE, MAIS JE VEUX SAVOIR LA VÉRITÉ !
ARRÊTE DE DIVAGUER !
TE FOUS PAS DE MOI ! J'AI ENTENDU SA VOIX AVANT DE M'ÉVANOUIR !
SI ELLE NE M'AIME PLUS DU TOUT...
JE NE M'ACCROCHERAI PAS !

TOUT CE QUE JE VEUX, C'EST QU'ELLE ME LE DISE EN FACE !
HÉ HÉ...
HÉ HÉ HÉ !
COMMENT PEUT-IL CROIRE...
QUE KUMI SORTIRAIT AVEC UN CONNARD COMME MOI...
MONTE.
?!
HI HI...

ヴオオン
JE M'EXCUSE DE NE PAS ÊTRE VENU AU RENDEZ-VOUS...
C'EST PAS GRAVE. JE COMPRENDS QUE TU SOIS SECOUÉ PAR CE QUE T'A FAIT KUMI.
OUI, MAIS... JE VAIS L'ATTENDRE...
HEIN ?
APRÈS TOUT, C'EST MOI QUI L'AI BLESSÉE LE PREMIER...
EN COUCHANT AVEC YUKARI...
QUAND JE L'AI PLAQUÉE LORSQUE J'AI ARRÊTÉ LE BASE-BALL...
ELLE M'A BIEN ATTENDU, ELLE...
ALORS ...
CETTE FOIS, C'EST MON TOUR.
SI ELLE REVIENT VERS MOI...
JE JURE DE LA RENDRE HEUREUSE !
...
幸せになんか…
ÇA, ÇA NE RISQUE PAS.
させない…
JE T'EN EMPÊCHERAI ...

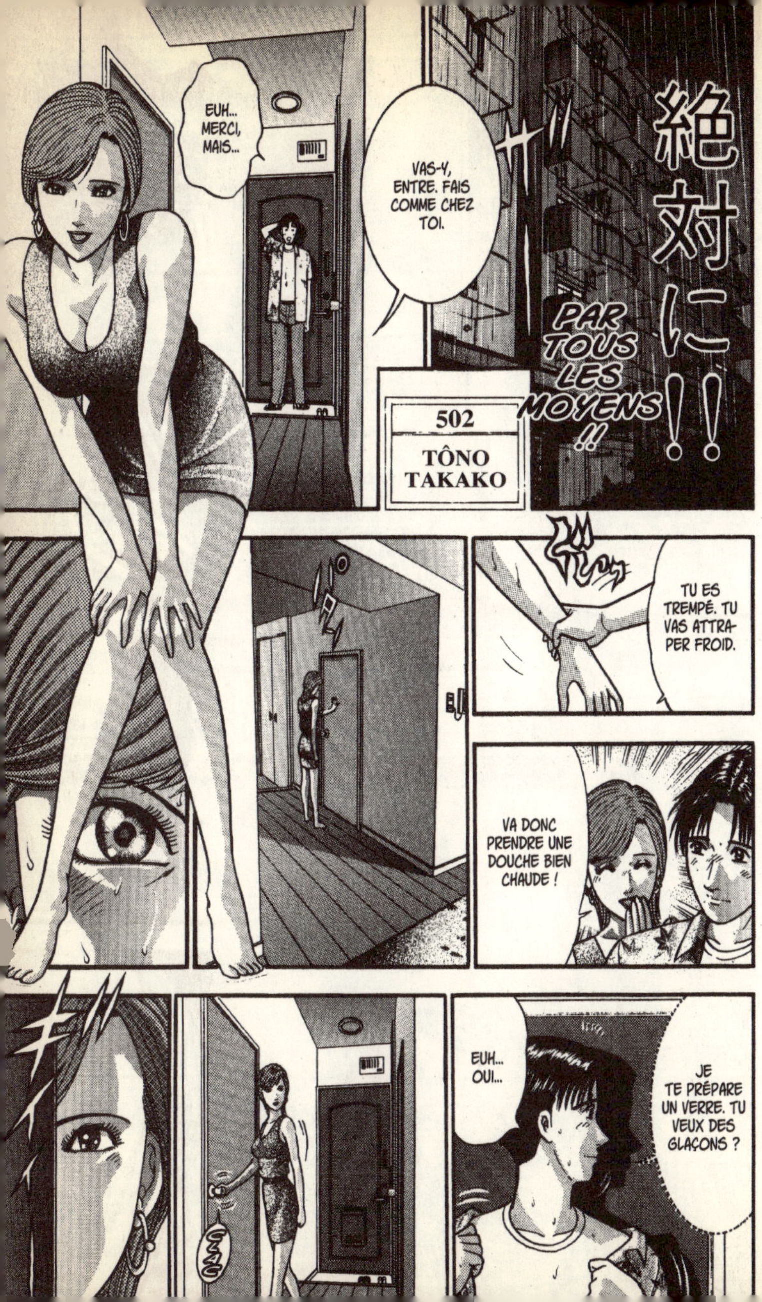
絶対に!!
PAR TOUS LES MOYENS !!
502
TÔNO TAKAKO
VAS-Y, ENTRE. FAIS COMME CHEZ TOI.
EUH... MERCI, MAIS...
TU ES TREMPÉ. TU VAS ATTRAPER FROID.
VA DONC PRENDRE UNE DOUCHE BIEN CHAUDE !
JE TE PRÉPARE UN VERRE. TU VEUX DES GLAÇONS ?
EUH... OUI...

カタ…
VOILÀ CE QUE J'APPELLE UN VISAGE RAYONNANT !
PENCHE LA TÊTE UN PEU PLUS À GAUCHE. VOILÀ, COMME ÇA. C'EST PARFAIT !
NE BOUGE PLUS !
UN PETIT SOURIRE, KUMI !
ALLONS BON...
POURQUOI DÉTESTES-TU TANT QUE ÇA CE PRÉNOM ?
...
久美という名前を憎んでいるわけじゃない
CE N'EST PAS LE PRÉNOM QUE JE DÉTESTE.
C'EST CETTE FILLE...

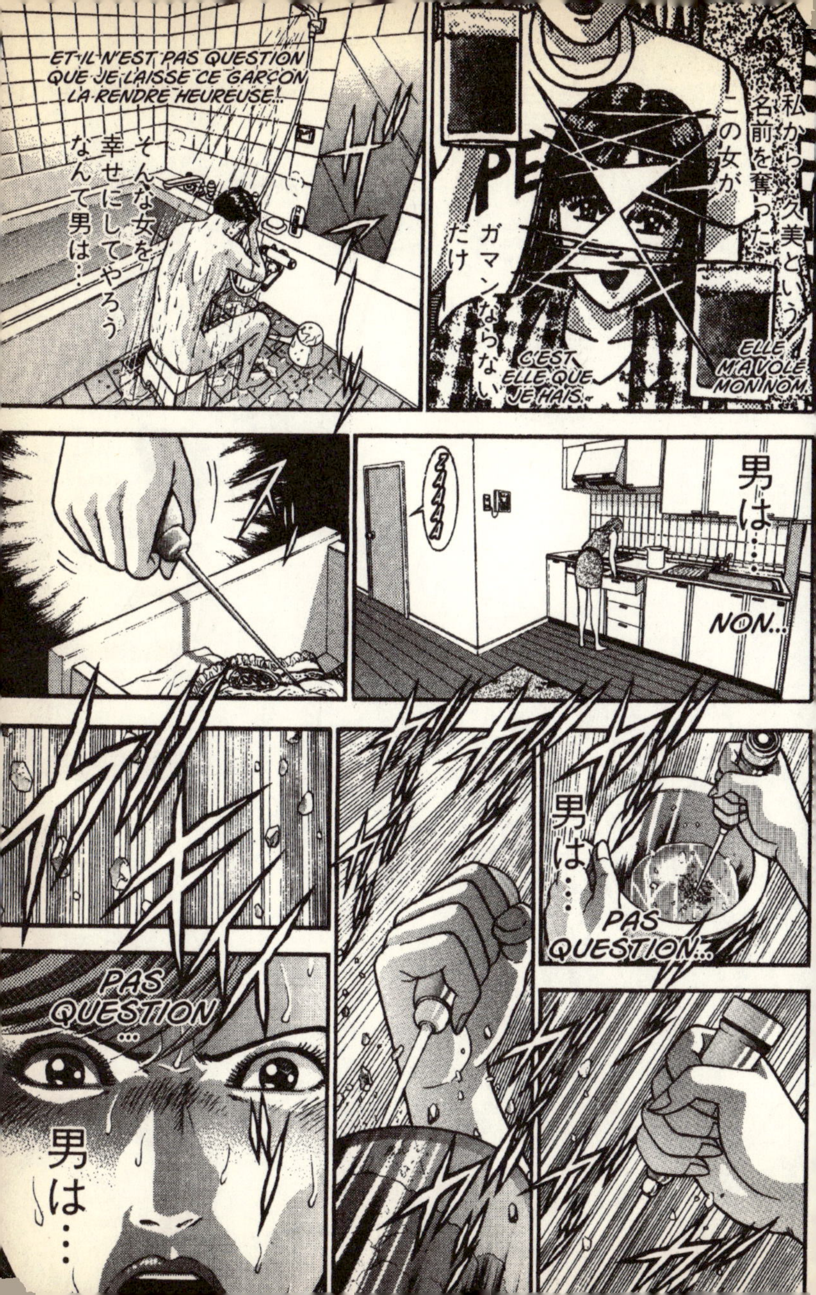

ET IL N'EST PAS QUESTION QUE JE LAISSE CE GARÇON LA RENDRE HEUREUSE...
そんな女を幸せにしてやろうなんて男は…
私から久美という名前を奪ったこの女が
ガマンならないだけ
ELLE M'A VOLÉ MON NOM
C'EST ELLE QUE JE HAIS.
男は…
NON...
男は…
PAS QUESTION...
PAS QUESTION...
男は…

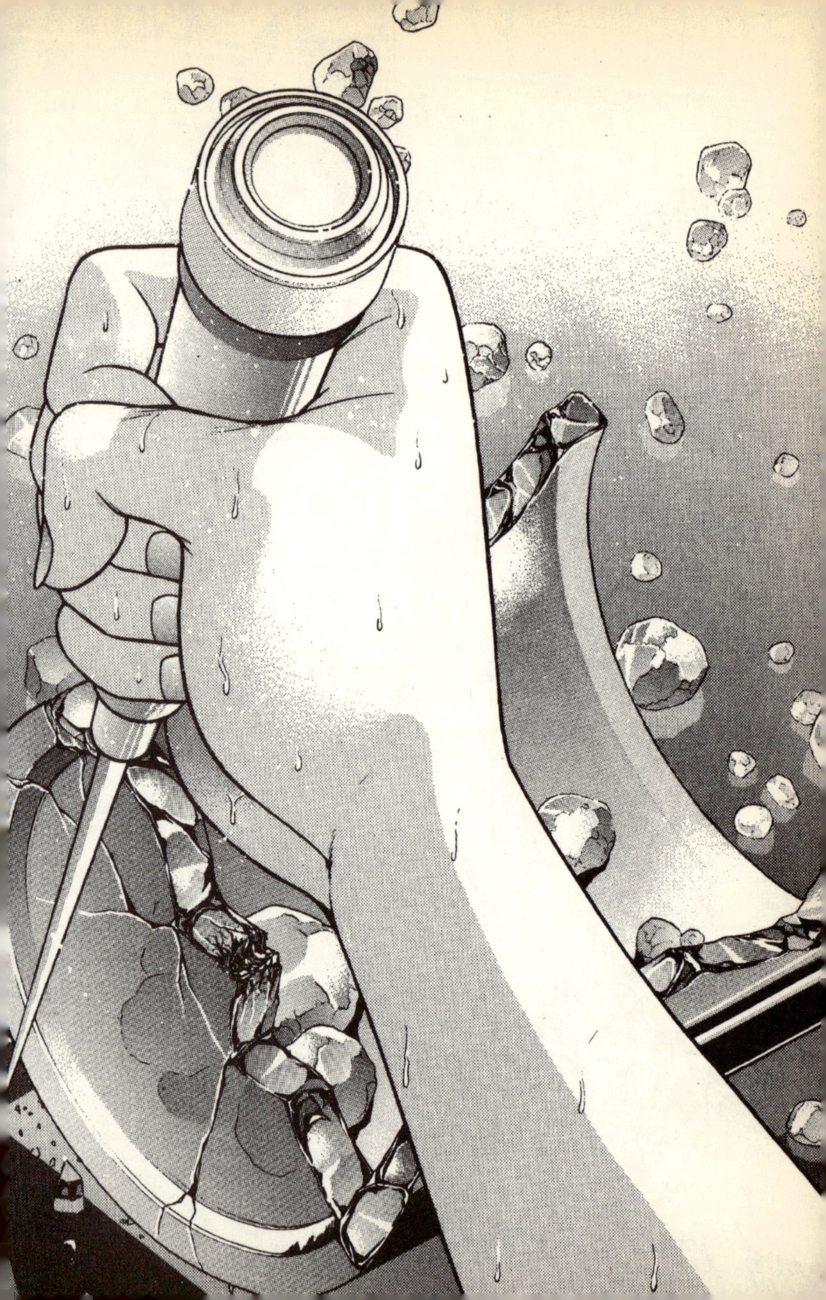

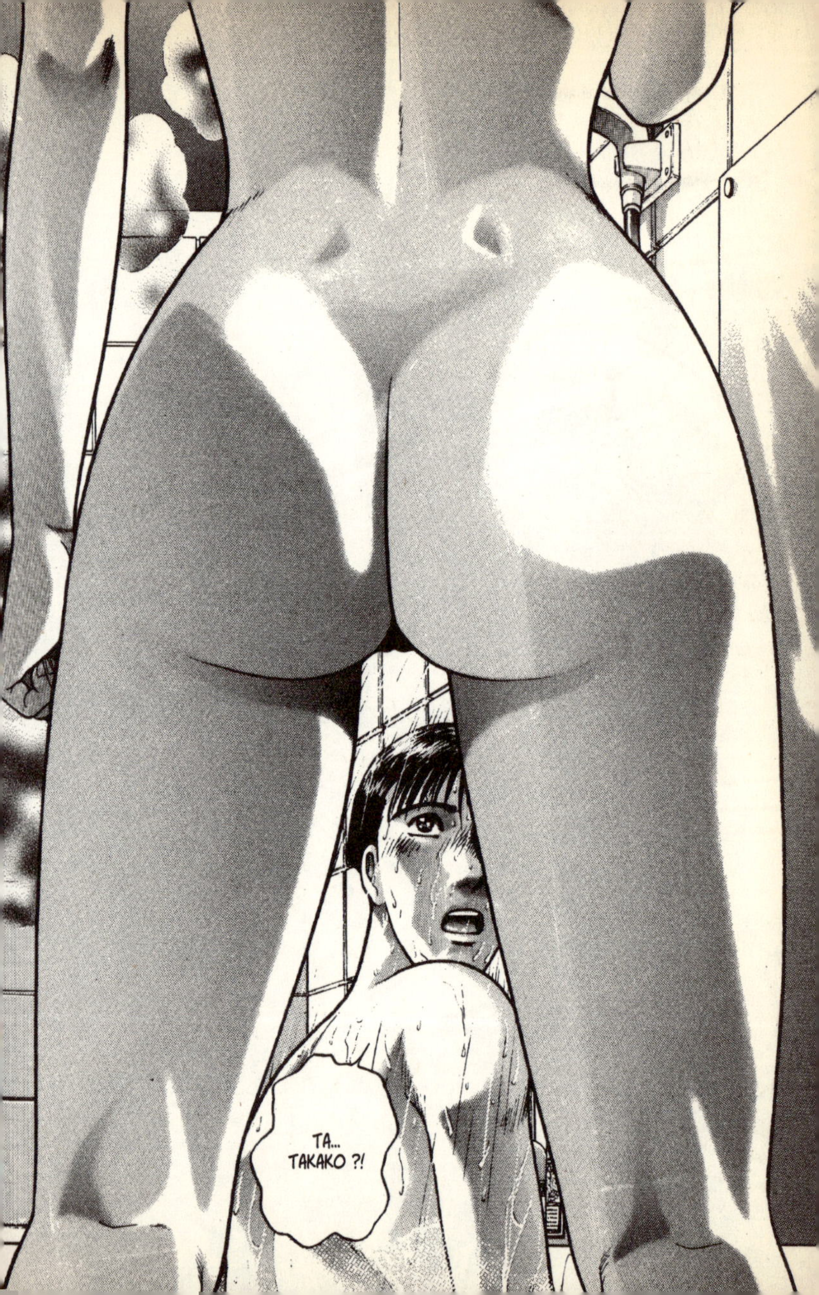
TA...
TAKAKO ?!

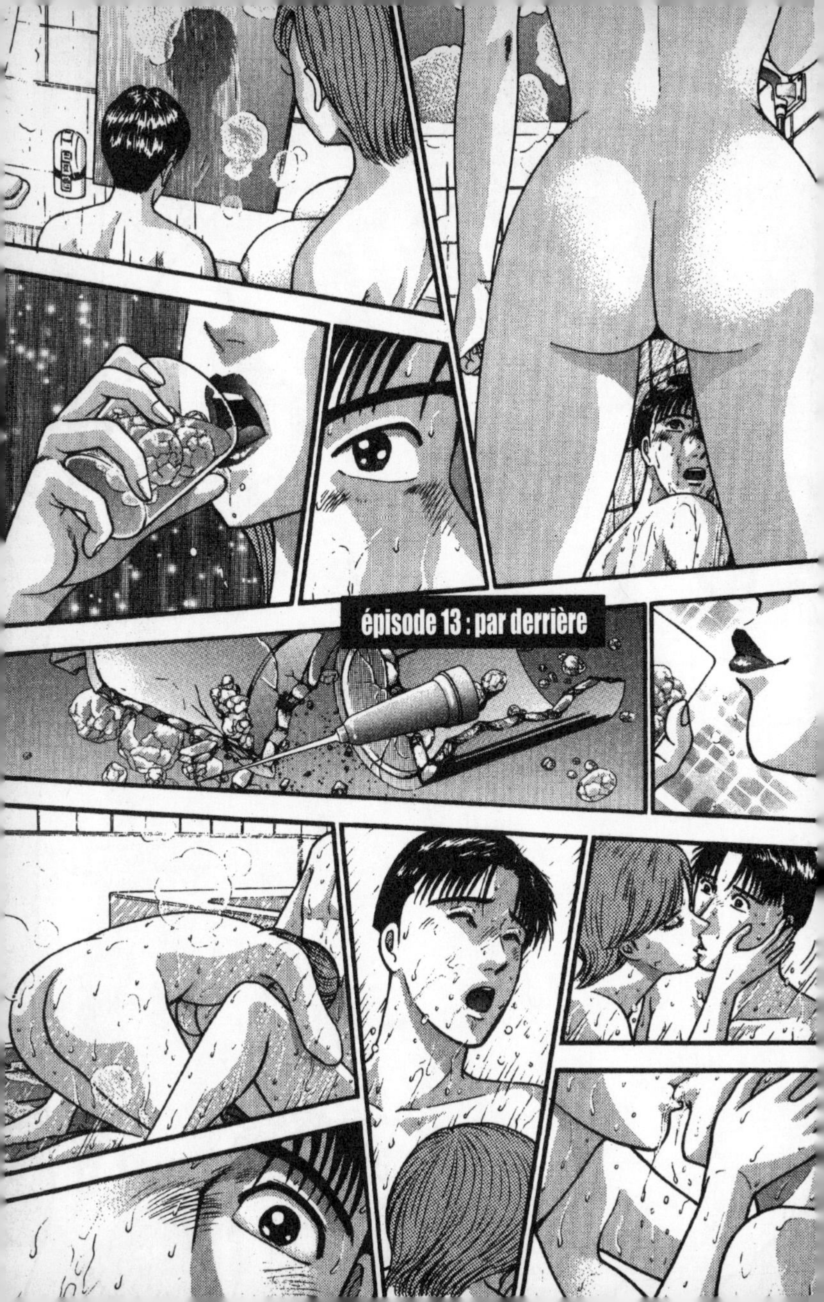
épisode 13 : par derrière

épisode 13 : par derrière

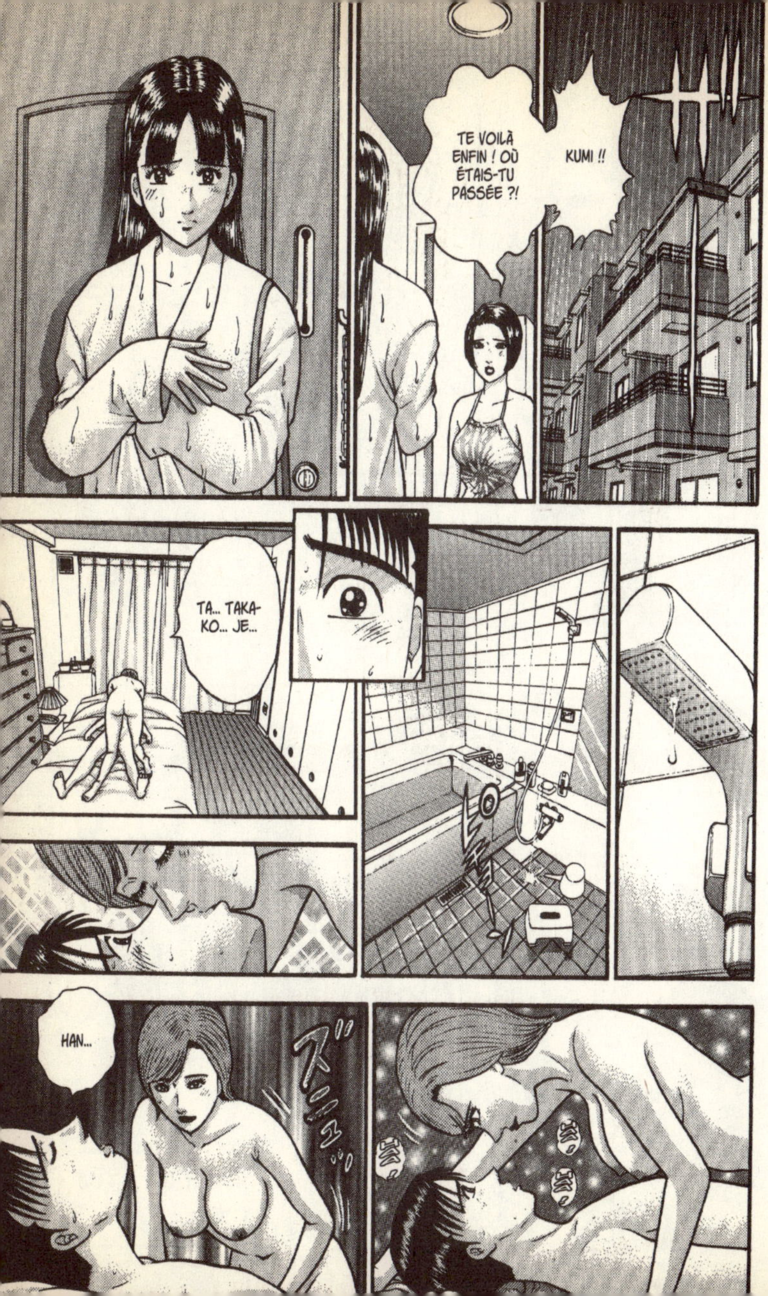
KUMI !!
TE VOILÀ ENFIN ! OÙ ÉTAIS-TU PASSÉE ?!
TA... TAKA-KO... JE...
HAN...

KUMI... ES-TU VRAIMENT AMOUREUSE DE CE TYPE ?
久美…あなたはこんな男が大切なの？
PENSES-TU VRAIMENT...
こんな男と愛を…
ÉTABLIR UNE RELATION AVEC LUI ?
分かち合いたいの？
それで幸せなの!?
EST-CE QU'IL TE REND HEUREUSE ?
QU'EST-CE QU'IL Y A POUR QUE TU AIES L'AIR SI CONTENTE ?
HEIN ?
TU SOURIS TOUT LE TEMPS.
C'EST PARCE QUE JE SUIS HEUREUSE.
202
OKAMURA RYÛJI
TÔNO
HEUREUSE ? JE NE FAIS POURTANT PAS GRAND-CHOSE POUR TOI.
JE NE T'AI MÊME JAMAIS OFFERT DE CADEAU.

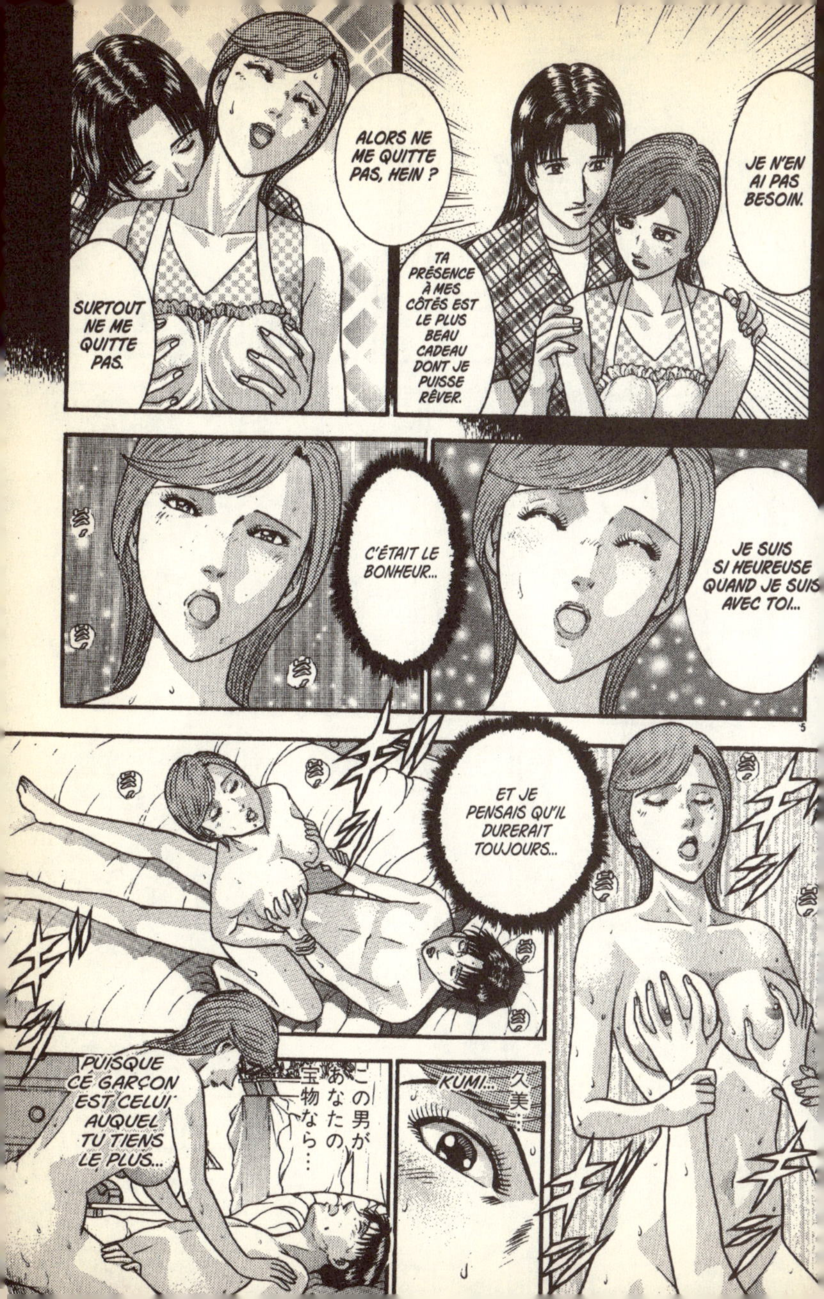
JE N'EN AI PAS BESOIN.
TA PRÉSENCE À MES CÔTÉS EST LE PLUS BEAU CADEAU DONT JE PUISSE RÊVER.
ALORS NE ME QUITTE PAS, HEIN ?
SURTOUT NE ME QUITTE PAS.
JE SUIS SI HEUREUSE QUAND JE SUIS AVEC TOI...
C'ÉTAIT LE BONHEUR...
ET JE PENSAIS QU'IL DURERAIT TOUJOURS...
KUMI...
久美…
この男があなたの宝物なら…
PUISQUE CE GARÇON EST CELUI AUQUEL TU TIENS LE PLUS...

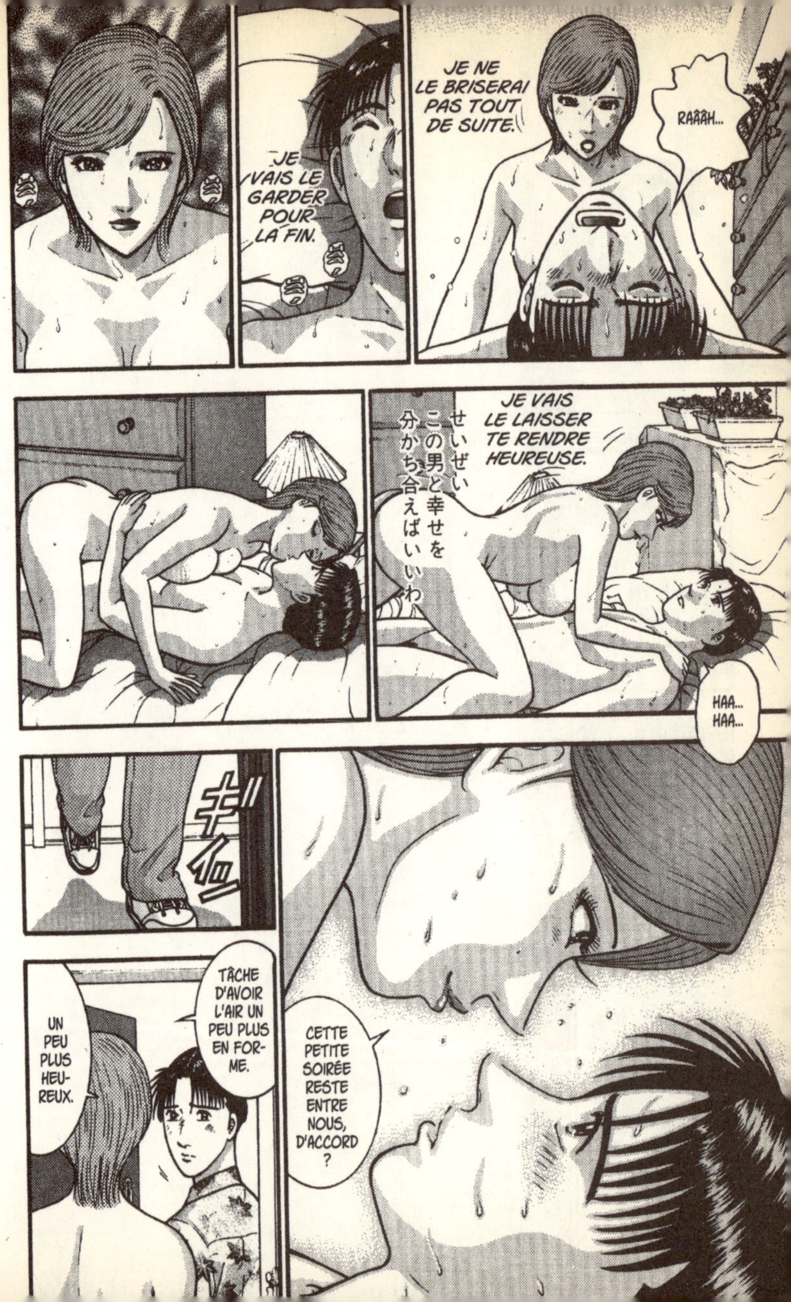
RAÂÂH...
JE NE LE BRISERAI PAS TOUT DE SUITE.
JE VAIS LE GARDER POUR LA FIN.
JE VAIS LE LAISSER TE RENDRE HEUREUSE.
せいぜい この男と幸せを 分かち合えばいいわ
HAA... HAA...
CETTE PETITE SOIRÉE RESTE ENTRE NOUS, D'ACCORD ?
TÂCHE D'AVOIR L'AIR UN PEU PLUS EN FORME.
UN PEU PLUS HEU-REUX.

...
久美…あなたが幸せの頂点に立ったら
ET QUAND VOUS SEREZ À L'APOGÉE DE VOTRE BONHEUR...
この男を壊してあげる
JE TE L'ARRACHERAI.
遠野多香子…
TÔNO TAKAKO...
EST-CE QU'ELLE S'EST OFFERTE À MOI PAR COMPASSION...
OU BIEN...
QUEL IDIOT ! IL NE FAUT PLUS Y PENSER !
KUMI...

...
...
ALLÔ ? AH, C'EST TOI, TAICHI...
OUI, ELLE EST RENTRÉE.
ATTENDS, JE TE LA PASSE.
SWUP
KUMI... JE ... JE T'AI...
KUMI... ?
...
Non, je ne veux pas lui parler...
Tu as entendu ? Je suis désolée... Tu peux rap-peler plus tard ?
Tut... Tut... Tut...

MAIS QU'EST-CE QUI T'ARRIVE, À LA FIN ?
TAICHI SE FAISAIT UN SANG D'ENCRE POUR TOI !
YUKARI SE FAIT TUER LE JOUR MÊME OÙ TU VAS LA VOIR...
ET PUIS ENSUITE, TU DISPARAIS DANS LA NATURE...
POURQUOI NE VEUX-TU PAS M'EXPLIQUER ?
QUE S'EST-IL PASSÉ ?
C'EST PAS MOI... JE NE L'AI PAS TUÉE...
HEIN ?
CE N'EST PAS MOI QUI AI ASSASSINÉ YUKARI !
GLOU
GLOU
PFIOU

樽ちゃん
居酒屋 樽ちゃん
MAIS RINKO... JE NE SUIS PAS VRAIMENT D'HUMEUR À BOIRE...
ALLONS ! ÇA TE CHANGERA LES IDÉES !
SALUT TOUT LE MONDE ! DÉSOLÉE POUR LE RETARD !
SALUT !
TIENS ? IL N'Y A QUE VOUS QUATRE ? LES AUTRES NE SONT PAS VENUS ?
Y'EN A SIX QU'ONT EU UN EMPÊCHEMENT. ILS ÉTAIENT RETENUS AU CIMETIÈRE.
HAMANO SATORU, ANCIEN MEMBRE DE L'ÉQUIPE DE BASEBALL DU LYCÉE. ACTUELLEMENT SANS EMPLOI FIXE.

CALME-TOI, SATORU.
PAS LA PEINE D'ÊTRE AGRESSIF.
YANAI HIROKI, ANCIEN MEMBRE DE L'ÉQUIPE DE BASEBALL DU LYCÉE. ACTUELLEMENT EN 3E ANNÉE DE FAC.
IRIE KÔHEI, ANCIEN MEMBRE DE L'ÉQUIPE DE BASEBALL DU LYCÉE. EMPLOYÉ DANS UNE IMPRIMERIE.
MAKOTO TRAVAILLE CE SOIR, IL NE PEUT PAS VENIR.
ET TAICHI ? POURQUOI IL N'EST PAS LÀ ?
NEGISHI MASANARI, ANCIEN CAPITAINE DE L'ÉQUIPE DE BASEBALL DU LYCÉE. ACTUELLEMENT MEMBRE DE L'ÉQUIPE DE SA FAC.
...
遠野さん…
TAKAKO...
オレ…どうしていいかわからない…
JE NE SAIS PLUS OÙ J'EN SUIS...

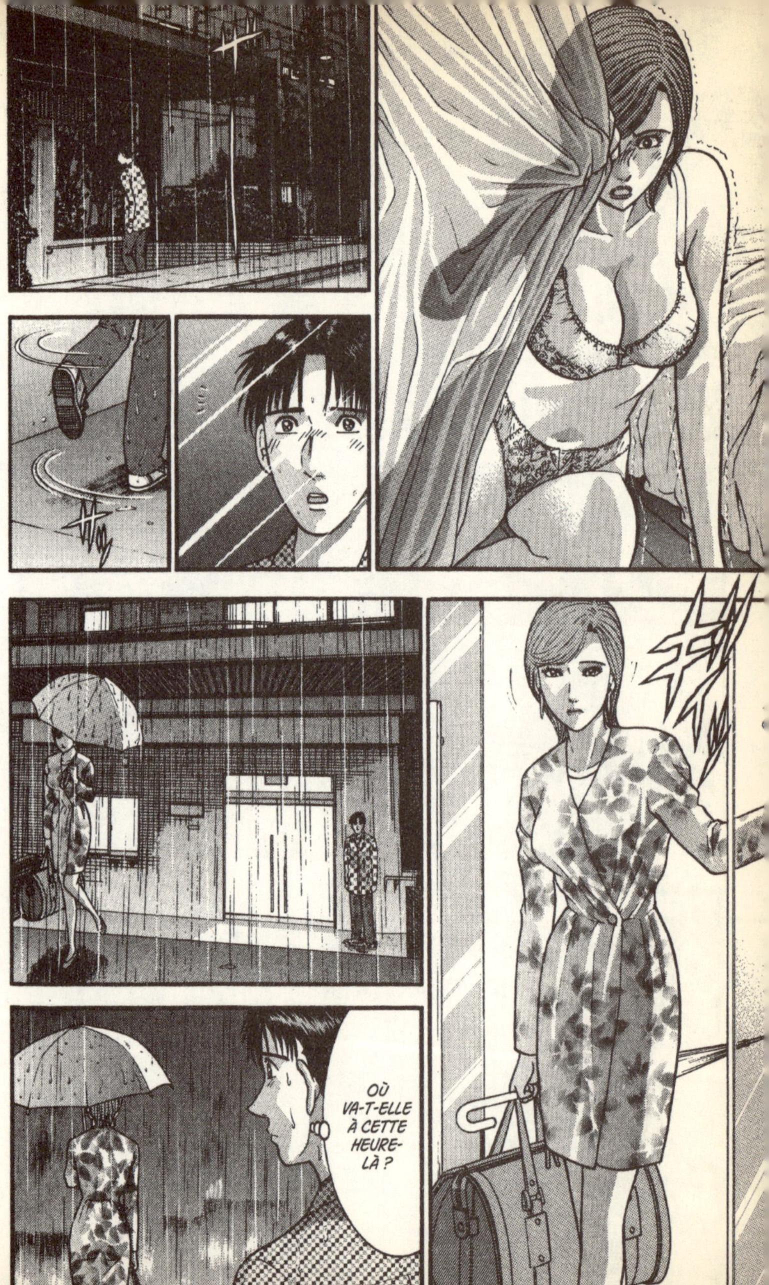
OÙ VA-T-ELLE À CETTE HEURE-LÀ ?

ALORS LE TUEUR A VOULU METTRE LE MEURTRE DE YUKARI SUR LE DOS DE KUMI ?
TOUT JUSTE. IL LUI A MIS LE PIC À GLACE DANS LA MAIN PENDANT QU'ELLE ÉTAIT ÉVANOUIE.
C'EST BIEN ÇA, KUMI ?
O... OUI...
MAIS ÇA DOIT FORCÉMENT ÊTRE LE MÊME TYPE QUI A COMMIS LES AUTRES MEURTRES, NON ?
POURQUOI A-T-IL ESSAYÉ DE FAIRE PORTER LE CHAPEAU À KUMI AU LIEU DE LA TUER ELLE AUSSI ?
...
C'EST PEUT-ÊTRE APRÈS ELLE QU'IL EN A, EN FAIT.
HEIN ?!
EST-CE QU'ELLE A UN RENDEZ-VOUS ?
ひょっとして泊まりの準備?
IL DOIT Y AVOIR DES AFFAIRES DANS SON SAC. ELLE VA DORMIR CHEZ QUELQU'UN.
つ…つまり恋人か…
SON PETIT AMI ?
オレ…何やってんだ…これじゃ…ストーカーじゃないか!!
QU'EST-CE QUE JE FAIS À LA SUIVRE, MOI... JE SUIS FOU...
でも…気になるんだ
MAIS ÇA M'INTRIGUE.

ALORS, ÇA VOUDRAIT DIRE QUE TOUS LES MEURTRES QUI ONT EU LIEU JUSQU'À MAINTENANT...
C'ÉTAIT PAR RANCUNE POUR KUMI ?!
C'EST VRAI QUE MASASHI ET KATSUHISA SE SONT FAIT TUER JUSTE AVANT LEUR RENDEZ-VOUS AVEC ELLE.
ET YOSHIOKA AUSSI ESSAYAIT DE LA DRAGUER, NON ?
NE DITES PAS ÇA ! ON CROIRAIT QUE VOUS ACCUSEZ KUMI !
RINKO... SOUVIENS-TOI QUE TOI AUSSI TU AS FAILLI TE FAIRE TUER ET QUE KUMI, ELLE, S'EN EST SORTIE INDEMNE.
!!
AUTREMENT DIT... C'EST L'ENTOURAGE DE KUMI QUI EST CIBLÉ...
C'EST ELLE QUI NOUS PORTE MALHEUR !
疫病神…
JE PORTE MALHEUR...
ZUT...
OÙ EST-ELLE PASSÉE... ?

樽ちゃん
ET MERDE, IL PLEUT ENCORE...
居酒屋 樽ちゃん
AH !
KU... KUMI...
GLUPS !
TAICHI ! C'EST À CETTE HEURE-LÀ QUE T'ARRIVES ?
KUMI... IL FAUT QUE JE TE PARLE...
TU FERAIS MIEUX DE PRENDRE TES DISTANCES, VIEUX.
HEIN ?
QUE... QU'EST-CE QUE ÇA VEUT DIRE ?
VIENS, KUMI ! ON RENTRE !

ATTENDEZ, JE VOUS RACCOMPAGNE EN VOITURE.
IL NE FAUT PAS FAIRE ATTENTION À CE QUE RACONTENT LES AUTRES.
KÔHEI S'EST UN PEU EMPORTÉ, C'EST TOUT.
IL NE FAUT PAS EN TENIR COMPTE, KUMI.
HISTOIRE DE PROUVER AUX AUTRES QUE TU NE PORTES PAS LA POISSE...
SI TU VEUX, JE PEUX PASSER LA NUIT AVEC TOI, TU SAIS.
HEIN ?
BONNE IDÉE, NON ?

はははは
DIS DONC, SATORU... C'EST PAS TRÈS SUBTIL COMME PLAN DRAGUE, ÇA. ESSAIE DE FAIRE MIEUX LA PROCHAINE FOIS !
MERCI DE NOUS AVOIR RACCOMPAGNÉES. BONNE NUIT.
ELLE EST VRAIMENT TROP MIGNONNE.
Y'A PAS À DIRE...
MALÉDICTION...

COMME TU DIS... LA MALÉDICTION FRAPPE ENCORE !

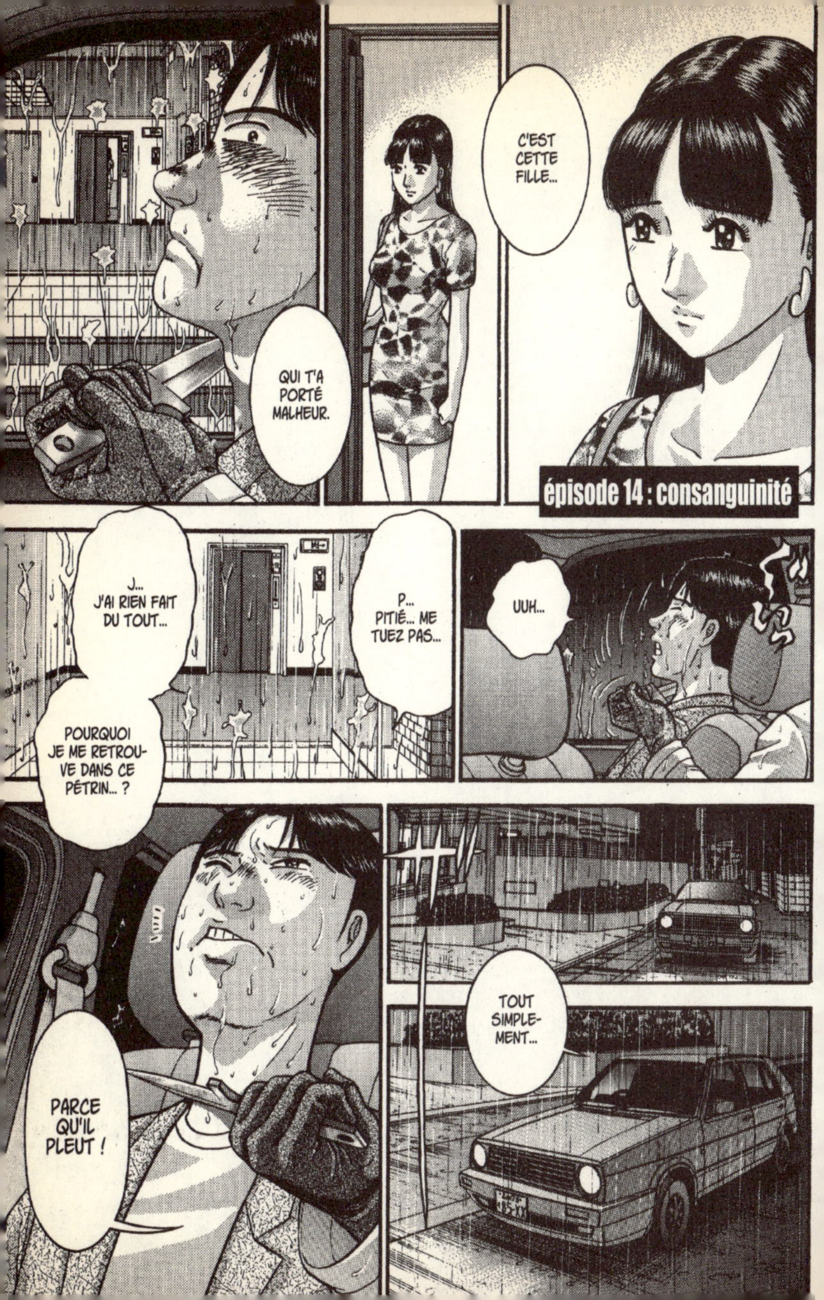
C'EST CETTE FILLE...
QUI T'A PORTÉ MALHEUR.
épisode 14 : consanguinité
UUH...
P... PITIÉ... ME TUEZ PAS...
J... J'AI RIEN FAIT DU TOUT...
POURQUOI JE ME RETROUVE DANS CE PÉTRIN... ?
TOUT SIMPLEMENT...
PARCE QU'IL PLEUT !

épisode 14 : consanguinité

TU FERAIS BIEN DE COUPER LES PONTS AVEC KUMI SI TU TIENS À LA VIE, TAICHI.
ÇA FAIT QUAND MÊME BEAUCOUP DE COÏNCIDENCES POUR ÊTRE UN SIMPLE HASARD...
LE TUEUR REPÈRE TOUS CEUX QUI TRAÎNENT AVEC ELLE.
SI ÇA VA PAS FORT ENTRE VOUS DEUX, C'EST JUSTEMENT LE BON MOMENT.
C'EST VRAI QUE TOUTES LES VICTIMES ÉTAIENT PROCHES DE KUMI, MAIS...
CE N'EST QU'UN HASARD !
D'AILLEURS, JE M'INQUIÈTE POUR SATORU...
J'ESPÈRE QU'IL LUI ARRIVERA RIEN.
...
JE NE SUIS PAS RASSURÉE DE SAVOIR SATORU SUR LES ROUTES PAR CE TEMPS...

...
AU FAIT, RINKO... IL VAUDRAIT PEUT-ÊTRE MIEUX VIVRE SÉPARÉMENT QUELQUE TEMPS...
JE NE VOUDRAIS PAS TE METTRE EN DANGER...
SLAP
KYAAH !!
ÇA VA PAS LA TÊTE ?!
TU NE PORTES PAS MALHEUR, KUMI !
NE TE TRACASSE PAS POUR LES SOTTISES QU'ILS ONT DITES !
...
TU TE SOUVIENS AVOIR FAIT QUELQUE CHOSE QUI PUISSE T'ATTIRER UNE TELLE RANCUNE DE QUELQU'UN ?
NON, ÉVIDEMMENT...
ALORS NE T'EN FAIS PAS !
PRENDS UNE BIÈRE AVEC MOI, ET DODO !
RINKO...

TU VEUX SAVOIR POURQUOI TU VAS MOURIR ?
QUOI ? O...OUI, ENFIN... NON...
RASSURE-TOI, JE NE TE TUERAI PAS AVANT DE T'AVOIR TOUT RACONTÉ.
TOURNE À GAUCHE AU PROCHAIN FEU.
PUTAIN... ELLE VA M'EMMENER DANS UN ENDROIT DÉSERT POUR M'ÉGORGER...
P... PITIÉ... JE FERAI TOUT CE QUE VOUS VOULEZ...
LA PERSPECTIVE DE MOURIR TE FAIT SI PEUR QUE ÇA ?
GLUPS !
LA VIE EST POURTANT PARFOIS BIEN PIRE QUE LA MORT !
ALORS, ON EST ALLÉ FAIRE LES COURSES AVEC MAMAN, AUJOURD'HUI ?
TU EN AS DE LA CHANCE D'AVOIR UNE GENTILLE MAMAN COMME ÇA.

SI VOUS AVEZ BESOIN DE QUOI QUE CE SOIT, VOUS SAVEZ QUE VOUS POUVEZ COMPTER SUR MOI.
ÇA NE DOIT PAS ÊTRE FACILE DEPUIS QUE VOTRE MARI VOUS A QUITTÉE...
AH... JE SUIS DÉSOLÉE, JE NE VOULAIS PAS...
MAIS NON, CE N'EST RIEN... J'AI TIRÉ UN TRAIT...
SOIS BIEN GENTILLE AVEC TA MAMAN, D'ACCORD ?
CE SOIR, RIZ AU CURRY. ÇA TE PLAIT ?
YOU-PIIII !
GLUPS !
GLUPS !
UUU-UN...
DEUU-UX...
TRO-IIIS...

LA PLUIE...
BRRR
BRRR
BRRR
GLUPS !
HIPS !

PAPA ...
PAPA ...
TU N'AS PAS DE PÈRE !
IL NOUS A ABANDONNÉES TOUTES LES DEUX UN JOUR DE PLUIE COMME CELUI-CI !
NE ME REGAR-DE PAS COMME ÇA !
TU AS LES MÊMES YEUX QUE LUI !
JE TE HAIS !
さんすう

CP1
Aihara kumi
Très bien
COMBIEN DE FOIS IL FAUDRA QUE JE TE LE DISE ?!
TU NE T'APPELLES PAS "AIHARA" !!
TU T'APPELLES "TÔNO" !!
C'EST PAS VRAI... JE M'APPELLE AIHARA KUMI...
CM2 2
Aihara kumi
100
HEIN, PAPA ?
C'EST PAS GÊNANT DE LAISSER LA PETITE DEHORS ?
T'OCCUPE PAS D'ELLE.
PRENDS-MOI VITE...
J'AI HORREUR...
DE LA PLUIE.

HORREUR !!
LA PLUIE ME SAPE LE MORAL. METS DONC UN PEU DE MUSIQUE.
OÙ... OÙ VA-T-ON ?
PRENDS LA PROCHAINE À GAUCHE. NOUS SOMMES BIENTÔT ARRIVÉS.
JE SUIS EN TRAIN DE ROULER VERS MA TOMBE...
GLUPS
BON SANG... JE NE VEUX PAS MOURIR... SI SEULEMENT JE TROUVAIS UN MOYEN DE M'EN TIRER...
!!
T... TAICHI...
POURVU QU'IL ME REMARQUE !

'MANQUAIT PLUS QUE ÇA...
L'IMBÉCILE ! REGARDE PAR ICI AU LIEU DE T'OCCUPER DE TA CHEMISE !
UN TAXI... CE JOUR-LÀ AUSSI, J'AI CROISÉ UN TAXI.
SI JE N'AVAIS PAS VU LA TÊTE DU CHAUFFEUR, JE N'AURAIS SANS DOUTE JAMAIS TUÉ PERSONNE...
HÔZAN
!!
PAPA !

HÔZAN
PA-PAAA !!
宝山タクシー営業所
AIHARA
PAPA ! JE VAIS REVOIR PAPA !
MON PAPA RIEN QU'À MOI !
ARRÊTE-TOI.
ICI ?!

MAIS C'EST L'IMMEUBLE OÙ HABITE KUMI... POURQUOI EST-ON REVENUS ?
PARCE QUE C'EST ICI QUE TU VAS MOURIR.
POUR LA FAIRE SOUFFRIR.
PAPA ! PAPA !
KUMI...
VIENS PAR ICI, KUMI.
C'EST SA VOIX !
IL A DÛ ME VOIR ARRIVER.
IL NE M'A PAS OUBLIÉE.
VIENS T'ASSEOIR SUR LES GENOUX DE PAPA.

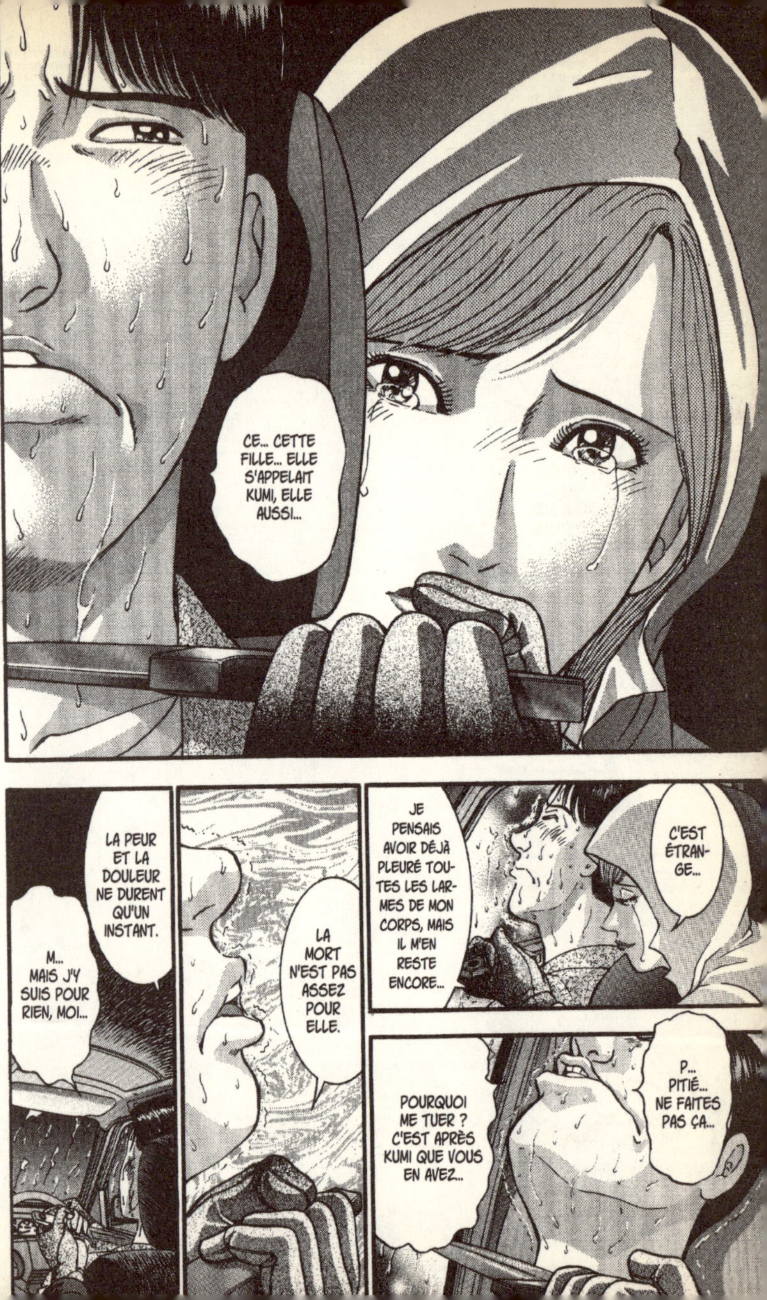
CE... CETTE FILLE... ELLE S'APPELAIT KUMI, ELLE AUSSI...
C'EST ÉTRANGE...
JE PENSAIS AVOIR DÉJÀ PLEURÉ TOUTES LES LARMES DE MON CORPS, MAIS IL M'EN RESTE ENCORE...
P... PITIÉ... NE FAITES PAS ÇA...
POURQUOI ME TUER ? C'EST APRÈS KUMI QUE VOUS EN AVEZ...
LA MORT N'EST PAS ASSEZ POUR ELLE.
LA PEUR ET LA DOULEUR NE DURENT QU'UN INSTANT.
M... MAIS J'Y SUIS POUR RIEN, MOI...

ELLE M'A VOLÉ MON NOM, MON PÈRE...
TOUT CE QUI COMPTAIT POUR MOI, ELLE ME L'A PRIS.
VIVRE PRIVÉE DE TOUT ÇA, C'EST UNE SOUFFRANCE QUOTIDIENNE, UN ENFER.
ET JE VEUX QU'ELLE Y GOÛTE À SON TOUR !!
HIII !
KUMI NE PORTE PAS MALHEUR.
ET MÊME SI C'ÉTAIT LE CAS, JE VEUX QUAND MÊME ÊTRE À SES CÔTÉS.
MAIS JE NE SUIS RIEN POUR KUMI...
MA MORT NE LUI FERA NI CHAUD NI FROID...
JE NE SUIS PAS SON PETIT AMI, ON N'EST MÊME PAS VRAIMENT INTIMES...
...
ALORS ÇA NE SERT À RIEN QUE JE TE TUE, HEIN ?
C'EST VRAI ? VOUS N'ÊTES PAS TRÈS INTIMES ?
N... NON ...

TANT PIS.
ぶしゅっ
GLU-PS !

UNGH !
SATO-RU ? QU'EST-CE QUI LUI ARRIVE ?
TIENS ? C'EST LA VOITURE DE SATO-RU...
85-XX

épisode 15 : lacération
は・・・
浜野!!
S... SATORU !!
KUMI ! TIENS BON !
RINKO ! APPELLE LA POLICE ! SATORU S'EST FAIT ASSASSINER !
QUOI ?!
CLAC
AH !!

épisode 15 : lacération

C'EST LE TUEUR !!
HEIN ?!
ASSAS-SIN !!
STOP !!
GLUPS !!
?

KYA-AAH !!
AH !
...
BON SANG... CETTE PHOTO...

ENCORE UNE BELLE BOUCHERIE...
ALORS VOUS N'AVEZ PAS VU SON VISAGE, ET TOUT CE QUE VOUS POUVEZ NOUS DIRE, C'EST QU'IL PORTAIT UN IMPERMÉABLE ?
C'EST BIEN ÇA...
PAS LE MOINDRE INDICE DANS LA VOITURE, INSPECTEUR.
...
HMM...
KUMI... EST-CE QUE ÇA VA ?

IL A FILÉ...
EN PLUS, L'INSPECTEUR M'A FCHU LE CAFARD...
ILS N'ONT TOUJOURS PAS TROUVÉ LA MOINDRE PISTE, À CE QU'IL M'A DIT...
ON FERAIT MIEUX DE NE PAS TROP SE FIER À LA POLICE.
?!
KUMI ?
BEN... OÙ VAS-TU ?
JE PORTE MALHEUR.
TOUS LES GENS AUTOUR DE MOI SE FONT TUER, COMME SATORU.
JE NE VEUX PLUS QU'IL Y AIT DE VICTIMES À CAUSE DE MOI.
ET C'EST POUR ÇA QUE TU T'EN VAS ?!
AVOUE QUE TOI AUSSI, TU PRÉFÈRERAIS ÉVITER DE M'APPROCHER, N'EST-CE PAS ?
TU VEUX QUE JE M'EN AILLE, JE LE SAIS...

JE T'INTERDIS DE DIRE N'IMPORTE QUOI... !
UUUH... UUH...
LAISSEZ-MOI ! JE VOUS EN PRIE !
NE VOUS APPROCHEZ PAS DE MOI !
TU VAS VRAIMENT LA LAISSER TOUTE SEULE ? C'EST UN PEU DUR...
MAIS NON, MAIS NON. ELLE A BESOIN D'ÊTRE SEULE UN MOMENT !
ET PUIS... IL Y A QUELQUE CHOSE QUE JE VEUX TE MONTRER...
QU'EST-CE QUE C'EST ?

FLAP
C'EST LE TUEUR QUI L'A FAITE TOMBER...
B... BON SANG !
ALORS C'EST BIEN NOUS QUI SOMMES VISÉS...
...
ET SURTOUT KUMI...
SON VISAGE EST COMPLÈTEMENT LACÉRÉ. IL S'EST ACHARNÉ DESSUS.
TU AS REMARQUÉ AUSSI ?
JE ME SUIS DIT QU'IL NE VALAIT MIEUX PAS MONTRER CETTE PHOTO À KUMI...
JE PORTE MALHEUR.
...

TU VEUX BIEN LA GARDER ?
EUH, D'ACCORD...
BON, JE RETOURNE LÀ-HAUT.
KUMI A DÛ SE CALMER. BONNE NUIT.
RINKO... TU NE VEUX PAS DORMIR CHEZ MOI ?
!!
M... MOI ?
D'ACCORD ! ÇA FERA SANS DOUTE DU BIEN À KUMI DE RESTER UN PEU SEULE POUR UNE NUIT !
DOM DOM...
TOUT BIEN RÉFLÉCHI... JE... JE PRÉFÈRE RENTRER...

CE... CE N'EST PAS QUE JE N'AIE PAS CONFIANCE EN TOI, HEIN.
MAIS... ENFIN...
ÇA M'EMBÊTE DE PASSER LA NUIT ICI SANS QUE KUMI SOIT AU COURANT...
DÉPÊCHE-TOI DE TE CHANGER AU LIEU DE DIRE N'IMPORTE QUOI.
?
TIENS, VOILÀ UN PYJAMA. JE DORMIRAI DANS LA PIÈCE DU FOND.
IDIOTE...
RINKO... CE SERAIT BIEN QUE TU LOGES ICI PENDANT QUELQUE TEMPS.
HEIN ?!

JE M'IN-QUIÈTE POUR KUMI, BIEN SÛR, MAIS...
SI C'EST VRAIMENT AUX GENS DE SON ENTOURAGE QU'EN VEUT LE TUEUR, TU RISQUES D'ÊTRE PRISE POUR CIBLE.
JE NE VOUDRAIS PAS QU'IL T'ARRIVE QUELQUE CHOSE.
C'EST POUR ÇA QUE JE TE PROPOSE.
HELLO, KUMI !
ELLE A L'AIR BIZARRE... QU'EST-CE QUI SE PASSE ?

POUR POSSÉDER CETTE PHOTO, IL FAUT QU'IL CONNAISSE L'UN DE NOUS !
SAKAMOTO RYÔHEI. ÉTUDIANT EN 3E ANNÉE DE FAC.
MAIS IL EST PAS TRÈS MALIN DE L'AVOIR FAITE TOMBER...
IL NE L'A PAS FAITE TOMBER. JE PENSE PLUTÔT QU'IL L'A DÉPOSÉE EXPRÈS.
COM-MENT ?
C... C'EST VRAI...
MURATA HIROSHI. LUI AUSSI ÉTUDIANT EN 3E ANNÉE DE FAC.
C'EST UN MESSAGE QU'IL NOUS TRANSMET. IL NOUS FAIT SAVOIR QUE NOUS SOMMES TOUS SUR SA LISTE.
IL NOUS LANCE UN PRÉAVIS.
GLUPS

UNE BEAUTÉ COMME TOI... JE DOIS RÊVER.
HAN !
LES FEMMES AUSSI ONT PARFOIS ENVIE D'ASSOUVIR LEURS PULSIONS !
MÊME AVEC UN PARFAIT INCONNU RENCONTRÉ EN BOÎTE DE NUIT...
IL N'Y A PAS DE MAL À SE FAIRE DU BIEN, PAS VRAI ?
HAN !
HAN !
HAAAAA !!
SWUP
ET LA SOIRÉE NE FAIT ENCORE QUE COMMENCER...

CHOISISSEZ CELUI QUE VOUS VOULEZ.
T... TAICHI...
QU'EST-CE QUE TU VEUX QU'ON FASSE AVEC ÇA ?
C'EST PLUS SÛR DE TOUJOURS GARDER UNE ARME SUR VOUS.
EN PARTICULIER LES JOURS OÙ IL PLEUT, COMME AUJOURD'HUI.
...
JE NE SAIS PAS SI VOUS AVEZ REMARQUÉ, MAIS...
MASASHI, KATSUHISA, YOSHIOKA, TAKASHI, SHIN.ICHI, YUKARI, ET PUIS SATORU... TOUS SE SONT FAIT TUER UN JOUR OÙ IL PLEUVAIT.
NOUS DEVONS DÉFENDRE NOS VIES PAR NOS PROPRES MOYENS.
GLUPS
TU AS RAISON. ON NE PEUT PAS SE FIER UNIQUEMENT À LA POLICE.
VENGEONS NOS AMIS !
SHING

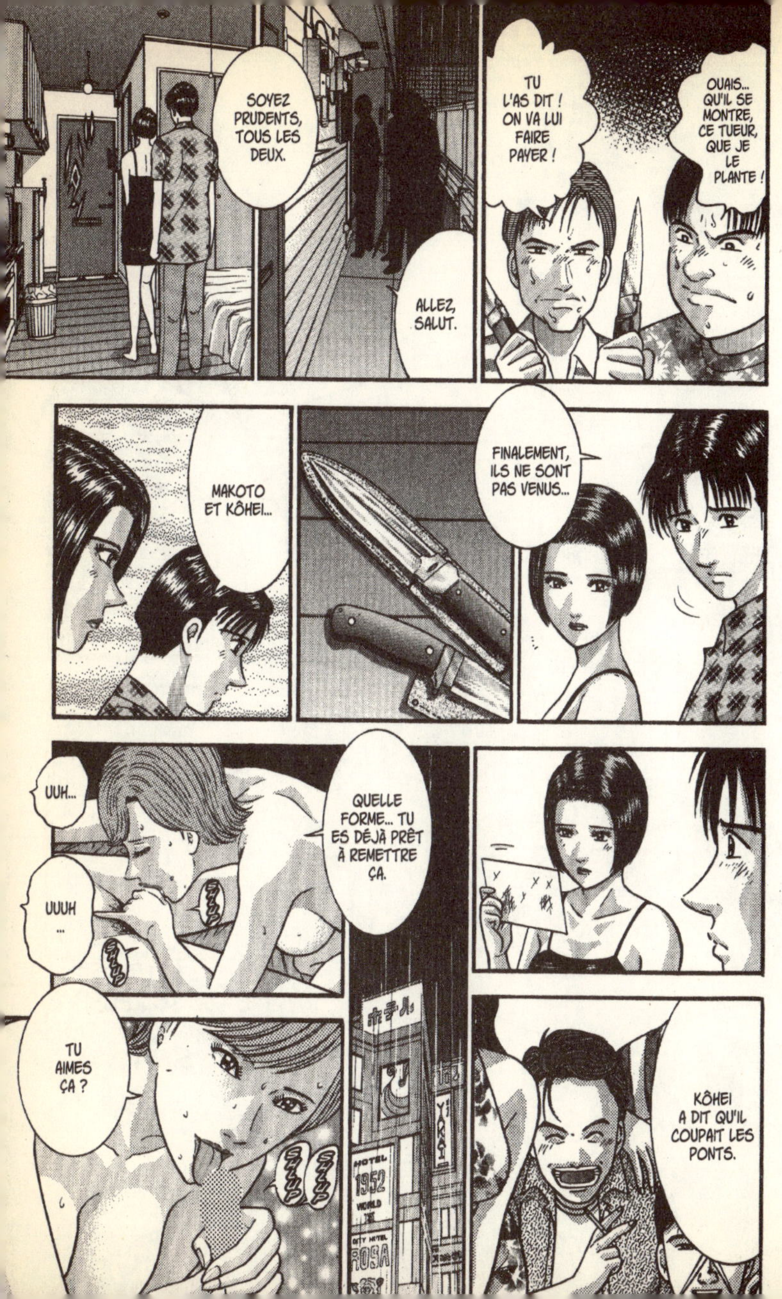
OUAIS... QU'IL SE MONTRE, CE TUEUR, QUE JE LE PLANTE !
TU L'AS DIT ! ON VA LUI FAIRE PAYER !
ALLEZ, SALUT.
SOYEZ PRUDENTS, TOUS LES DEUX.
FINALEMENT, ILS NE SONT PAS VENUS...
MAKOTO ET KÔHEI...
QUELLE FORME... TU ES DÉJÀ PRÊT À REMETTRE ÇA.
UUH...
UUUH ...
KÔHEI A DIT QU'IL COUPAIT LES PONTS.
TU AIMES ÇA ?
HOTEL
1952
ROSA

ATTENDS, JE TE RÉSERVE ENCORE DES SURPRISES.

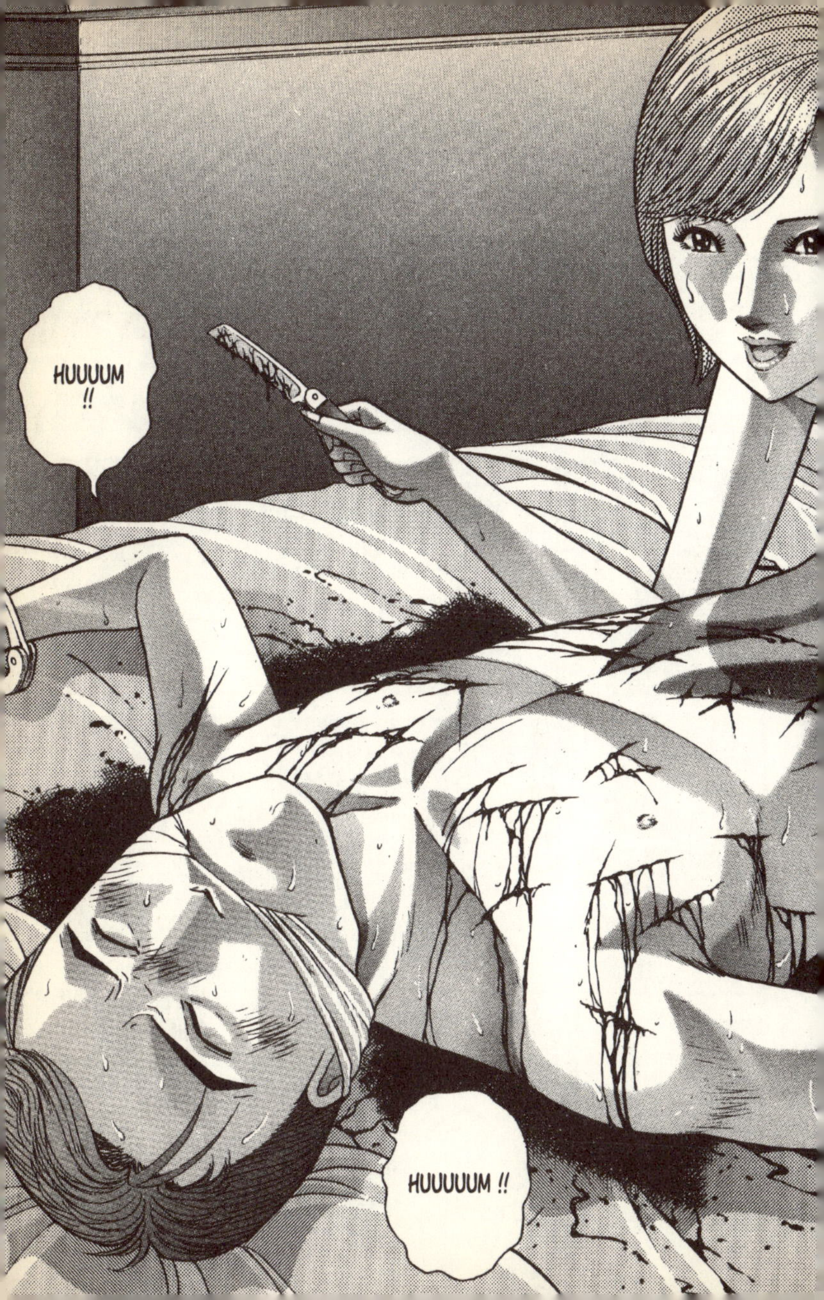
HUUUUM !!
HUUUUUM !!

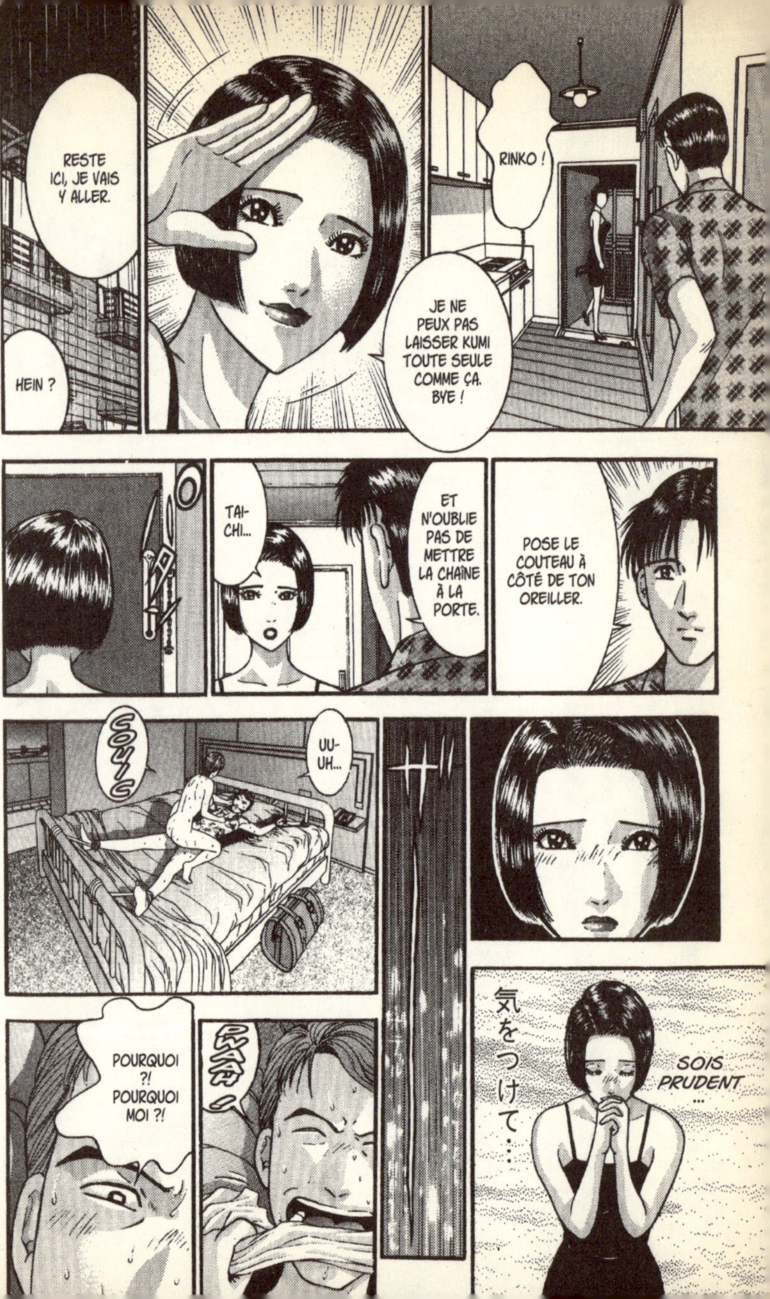

RESTE ICI, JE VAIS Y ALLER.
HEIN ?
JE NE PEUX PAS LAISSER KUMI TOUTE SEULE COMME ÇA. BYE !
RINKO !
TAI-CHI...
ET N'OUBLIE PAS DE METTRE LA CHAÎNE À LA PORTE.
POSE LE COUTEAU À CÔTÉ DE TON OREILLER.
COUIC
UU-UH...
POURQUOI ?! POURQUOI MOI ?!
気をつけて…
SOIS PRUDENT...

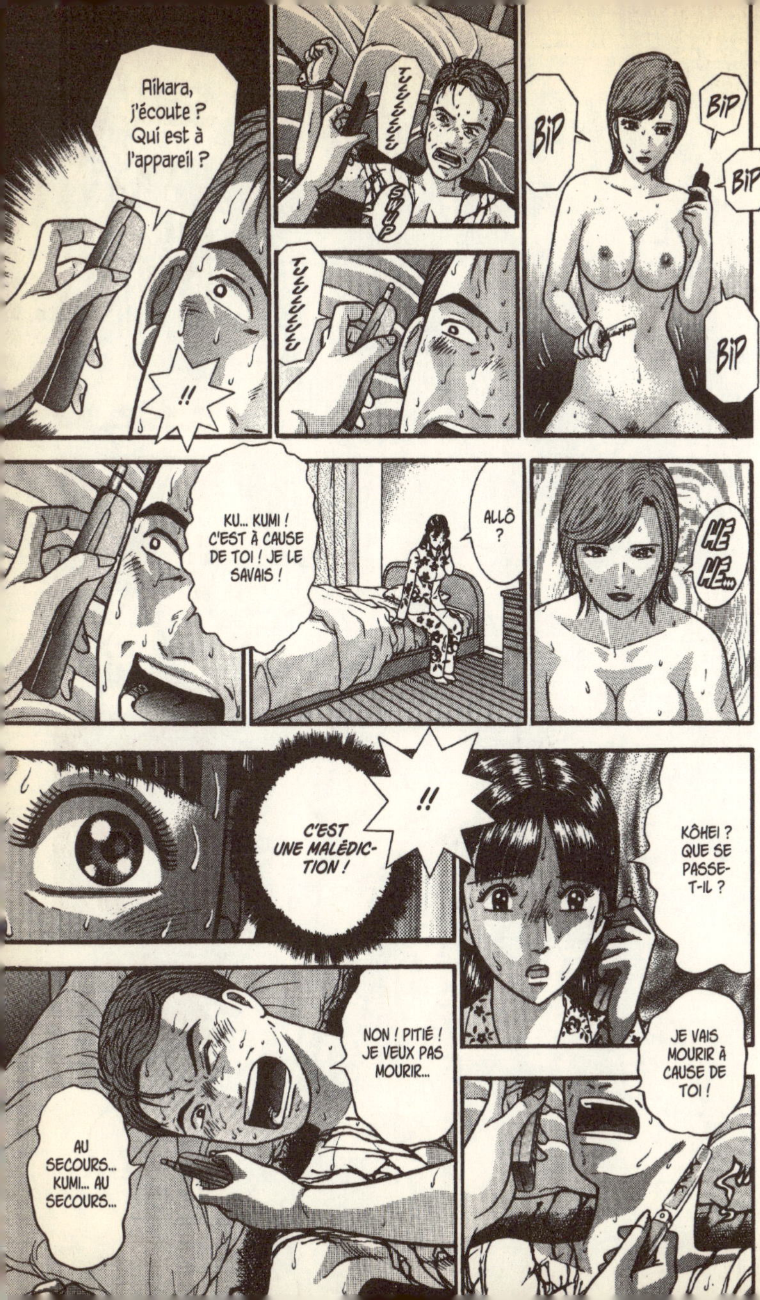
BiP
BiP
BiP
BiP
TUCUCUCUCU
SWUP
TUCUCUCUCU
Aihara, j'écoute ? Qui est à l'appareil ?
!!
HE HE...
ALLÔ ?
KU... KUMI ! C'EST À CAUSE DE TOI ! JE LE SAVAIS !
KÔHEI ? QUE SE PASSE-T-IL ?
!!
C'EST UNE MALÉDICTION !
JE VAIS MOURIR À CAUSE DE TOI !
NON ! PITIÉ ! JE VEUX PAS MOURIR...
AU SECOURS... KUMI... AU SECOURS...

C'EST DE TA FAUTE !!

épisode 16 : impulsion

KÔHEI... DIS QUELQUE CHOSE...
TUUT... TUUT...
TUUT... TUUT...
KUMI ! C'EST À CAUSE DE TOI ! JE LE SAVAIS !
JE VAIS MOURIR À CAUSE DE TOI !
NON ! PITIÉ ! JE VEUX PAS MOURIR...
C'EST TA FAUTE, KUMI !
C'EST TA...
GYAAAAAH !!
TUUT... TUUT...
TUUT... TUUT...
KÔHEI...

NOOOOON !!
DING DONG
203
AIHARA
KAWASHIMA
GWUP
ELLE DORT DÉJÀ ?
AH !!

KUMI... JE SUIS SI INQUIÈTE POUR TOI QUE JE N'ARRIVE PAS À FERMER L'ŒIL...
KUMI ?
BiP
BiP
BiP
BiP
Vous êtes bien sur la messagerie vocale du 090-XXXX-XXXX...
KUMI...

いったい何があったんだ?
QUE S'EST-IL PASSÉ ?
私は疫病神 *
*je porte malheur.
私は疫病神
...

パパ
ザァアー
パ
ニヤッ
HÉ HÉ...

?!
C'EST MOI, TAICHI.
EUH... KUMI NE SERAIT PAS ICI, PAR HASARD... ?
HI HI ...
ENTRE.
C'EST VRAI ? ELLE EST LÀ ?!
QUEL DON JUAN TU FAIS...
HEIN ?
C'EST UN PRÉTEXTE TRÈS SUBTIL POUR ME RENDRE VISITE À CETTE HEURE DE LA NUIT...
ET QUELLE IMAGINATION. BRAVO.

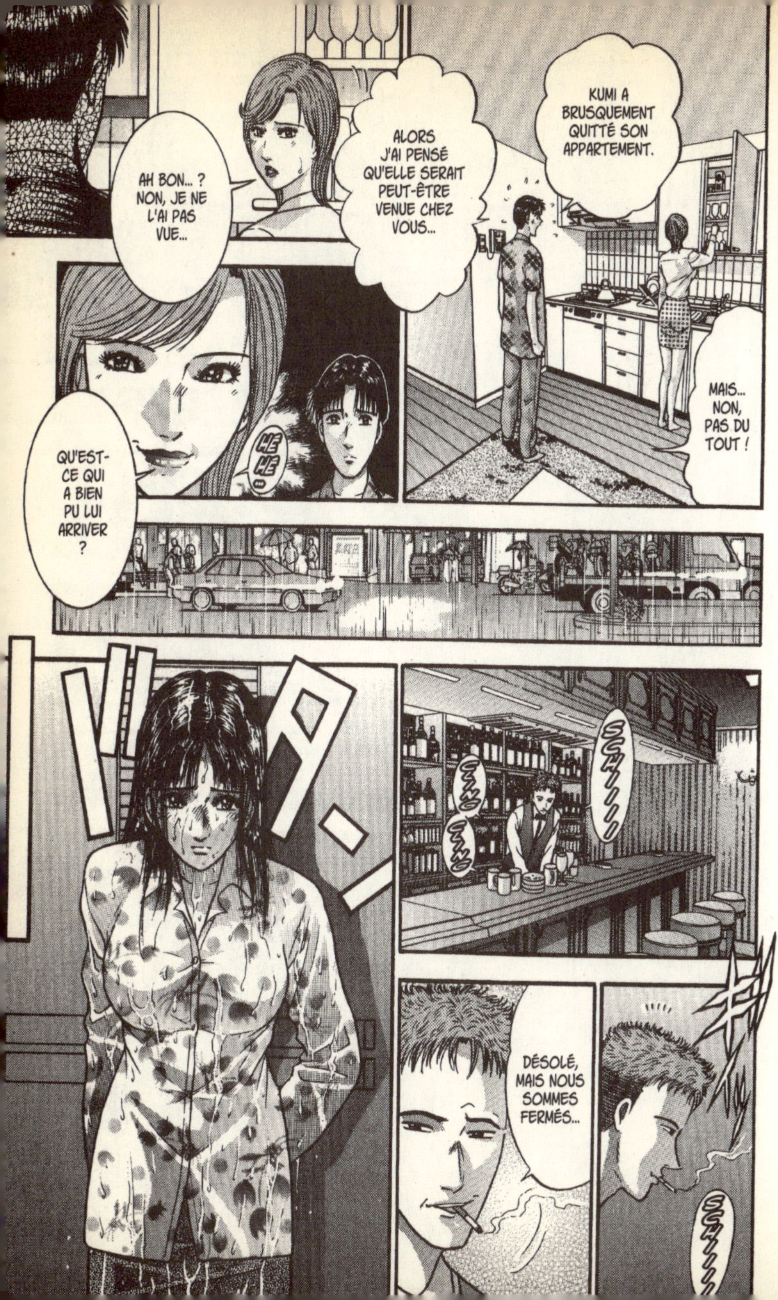

KUMI A BRUSQUEMENT QUITTÉ SON APPARTEMENT.
ALORS J'AI PENSÉ QU'ELLE SERAIT PEUT-ÊTRE VENUE CHEZ VOUS...
AH BON... ? NON, JE NE L'AI PAS VUE...
MAIS... NON, PAS DU TOUT !
HÉ HÉ...
QU'EST-CE QUI A BIEN PU LUI ARRIVER ?
DÉSOLÉ, MAIS NOUS SOMMES FERMÉS...

KUMI... ?
... ?
TIENS, BOIS ÇA. ÇA TE RÉCHAUFFERA.
TOC
QU'EST-CE QU'IL Y A ? IL S'EST PASSÉ QUELQUE CHOSE ?
?!
QU'EST-CE QUE... ?!

ARRÊTE !
QU'EST-CE QUI TE PREND ?!
COMMENT PEUX-TU ? APRÈS TOUT CE QUE JE T'AI FAIT SUBIR...
EST-CE QUE TU AS DÉJÀ OUBLIÉ ?
JE ME SOUVIENS TRÈS BIEN.

C'EST POUR ÇA QUE JE SUIS VENUE TE TUER.
?!
ELLE A ÉCRIT QU'ELLE PORTE MALHEUR ?
OUI...
ET JE ME SENS TELLEMENT FRUSTRÉ DE NE RIEN POUVOIR FAIRE POUR L'AIDER...
ALORS QU'ELLE EST TOUTE SEULE...
...

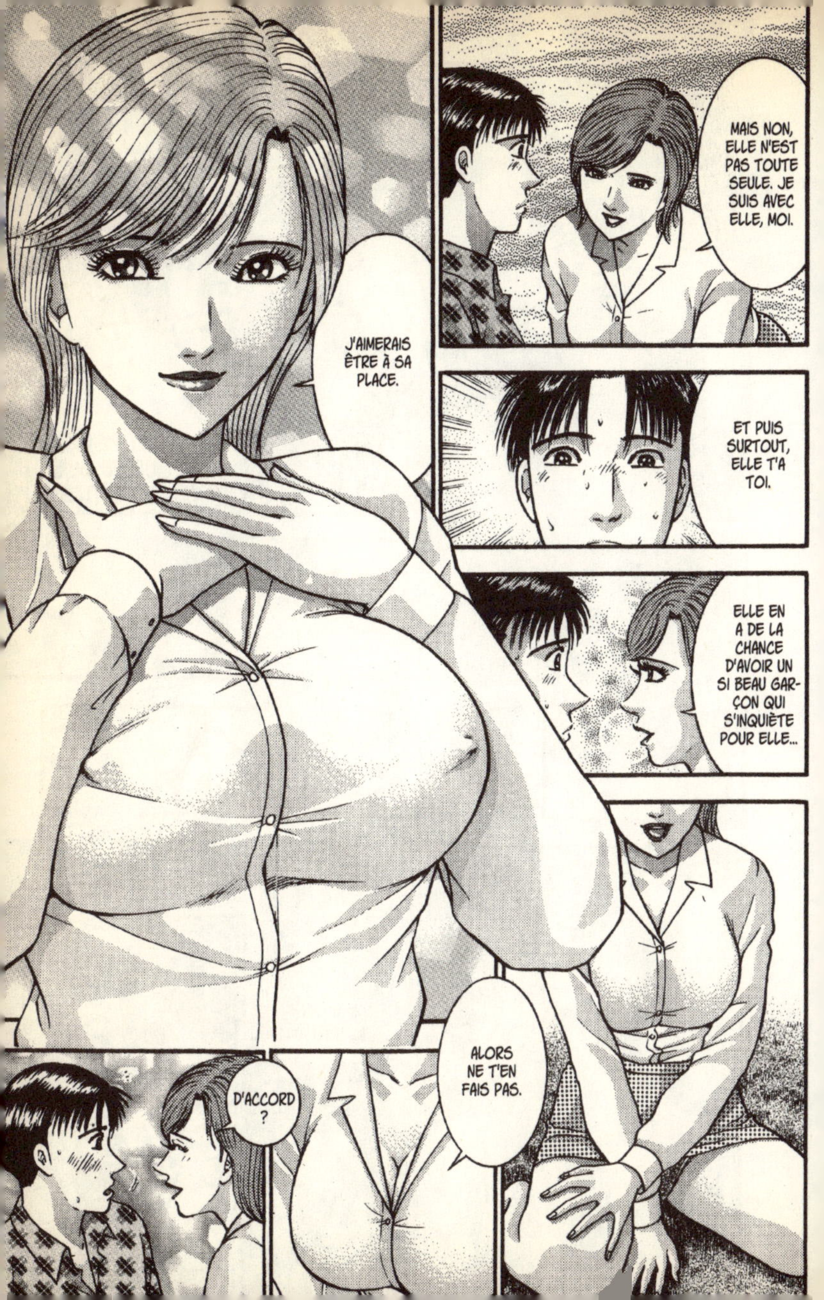
MAIS NON, ELLE N'EST PAS TOUTE SEULE. JE SUIS AVEC ELLE, MOI.
ET PUIS SURTOUT, ELLE T'A TOI.
ELLE EN A DE LA CHANCE D'AVOIR UN SI BEAU GARÇON QUI S'INQUIÈTE POUR ELLE...
J'AIMERAIS ÊTRE À SA PLACE.
ALORS NE T'EN FAIS PAS.
D'ACCORD ?

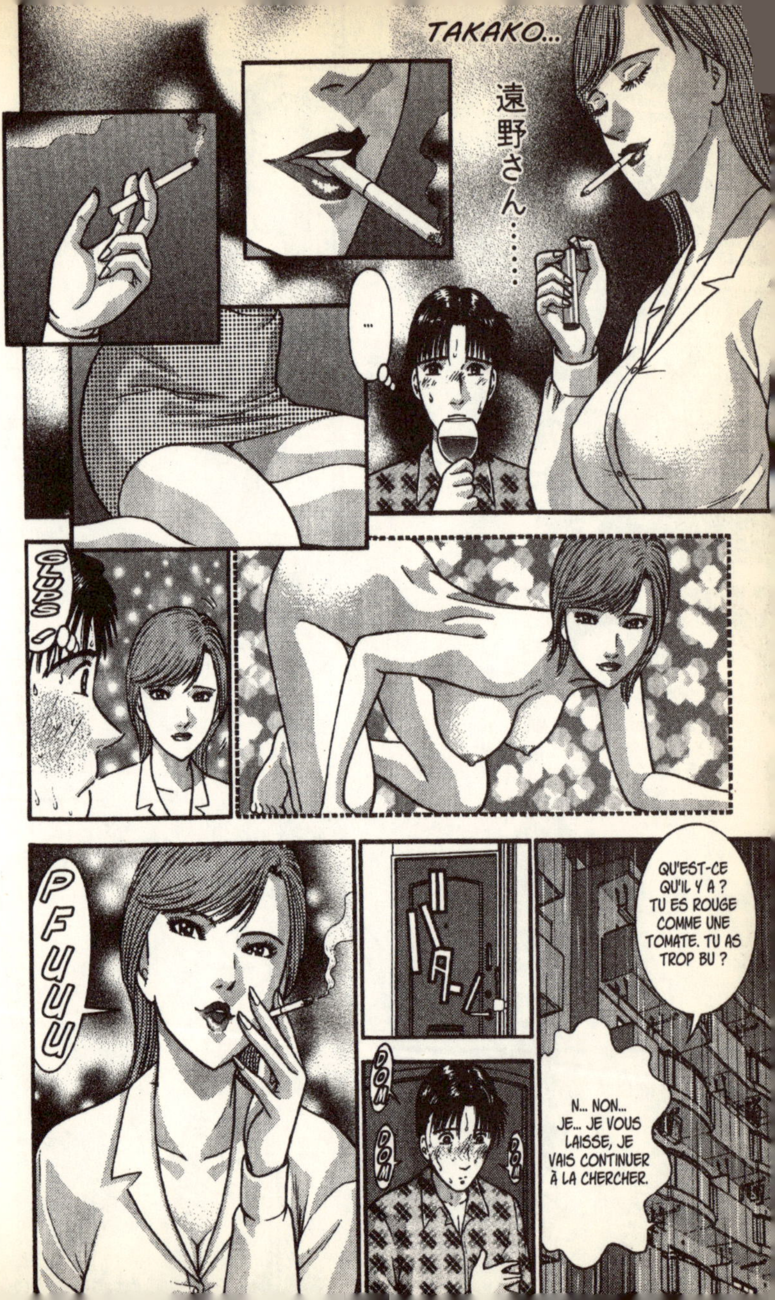
TAKAKO...
遠野さん……
...
GLUPS !
QU'EST-CE QU'IL Y A ? TU ES ROUGE COMME UNE TOMATE. TU AS TROP BU ?
N... NON... JE... JE VOUS LAISSE, JE VAIS CONTINUER À LA CHERCHER.
DOM
DOM
DOM
PFUUUU

TU VEUX ME TUER ?!
PRENDS-MOI ! VITE !
DÉCHIRE-MOI COMME TU L'AS FAIT L'AUTRE FOIS !
PRENDS-MOI DANS TOUS LES SENS !
ALLEZ ! COMME ÇA TU MOURRAS !
!!
QUE... QU'EST-CE QUE ÇA VEUT DIRE ?
JE PORTE MALHEUR.
TOUS CEUX QUI SONT AUTOUR DE MOI SE FONT TUER...

MASASHI, KATSUHISA, YOSHIOKA, TAKASHI... ILS SONT TOUS MORTS À CAUSE DE MOI !
QUOI ?!
SCRIP
SCRIP
あはははははは
TOI AUSSI TU MÉRITES DE MOURIR POUR TOUT CE QUE TU M'AS FAIT !
ARRÊTE...

PRENDS-MOI ! QU'EST-CE QUE TU ATTENDS !
ÇA SUFFIT !
LA MORT EST ENCORE TROP DOUCE POUR TOI !
CALME-TOI MAINTENANT !
C'EST QUOI CES CONNERIES ?!
...
TU AS PEUR, C'EST ÇA ?
C'EST POUR ÇA QUE TU REFUSES DE ME PRENDRE ?
TU NE T'ES POURTANT PAS GÊNÉ POUR ABUSER DE MOI...
...

JE NE VEUX PAS QUE MES AMIS SE FASSENT TUER...
LA SEULE MORT QUE JE SOUHAITE...
C'EST LA TIENNE...

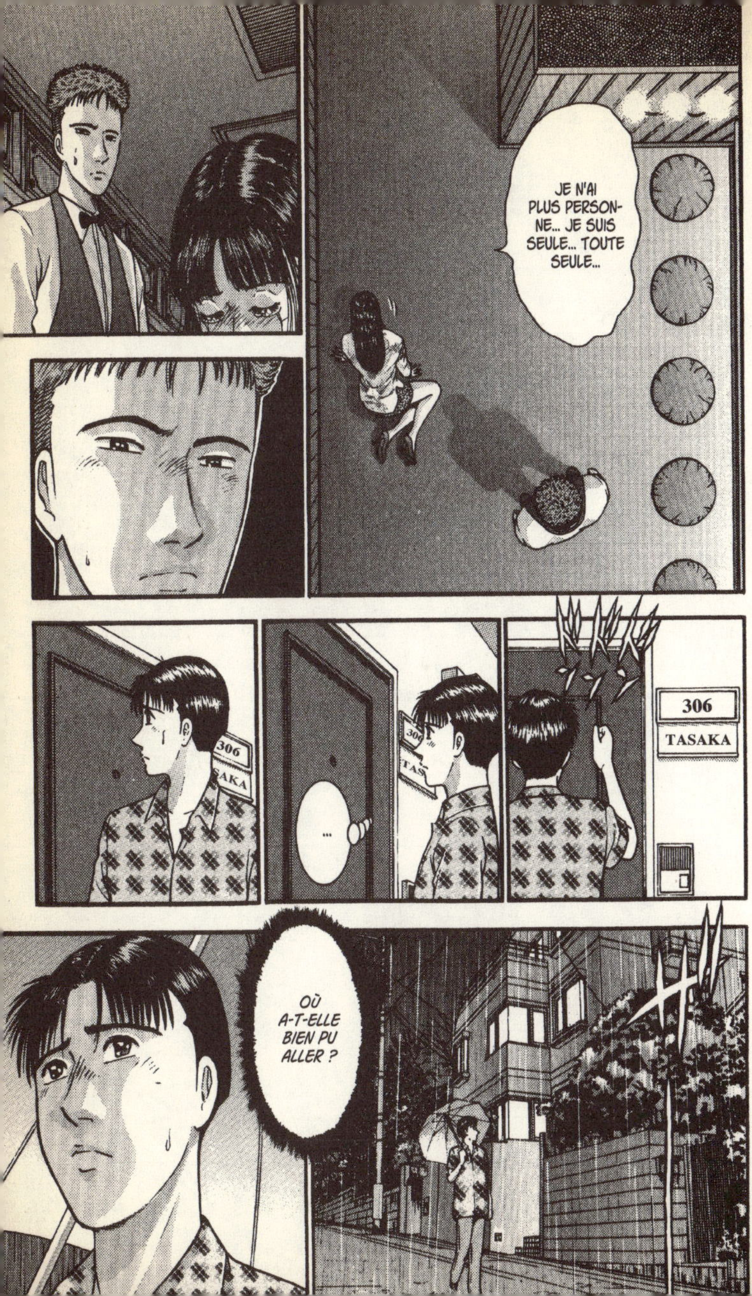

JE N'AI PLUS PERSONNE... JE SUIS SEULE... TOUTE SEULE...
306
TASAKA
...
OÙ A-T-ELLE BIEN PU ALLER ?

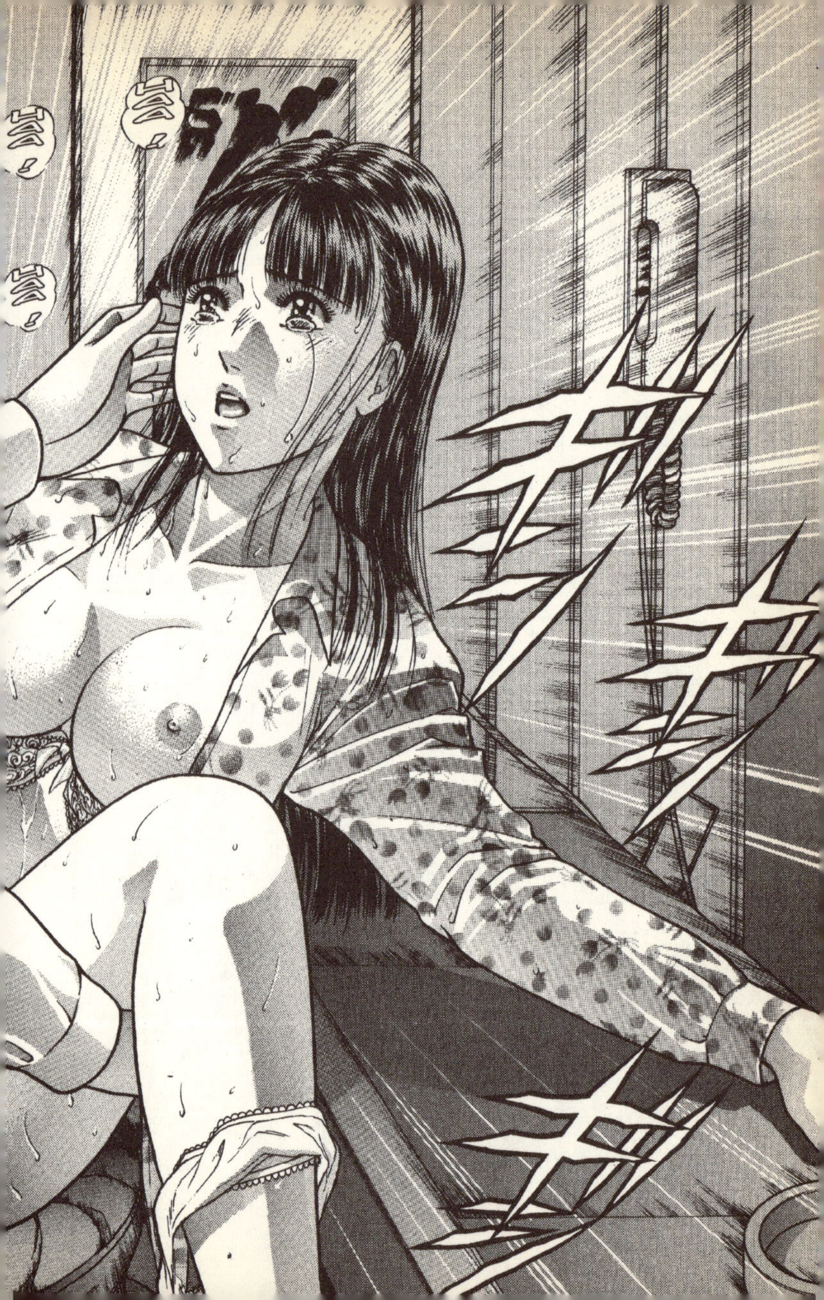

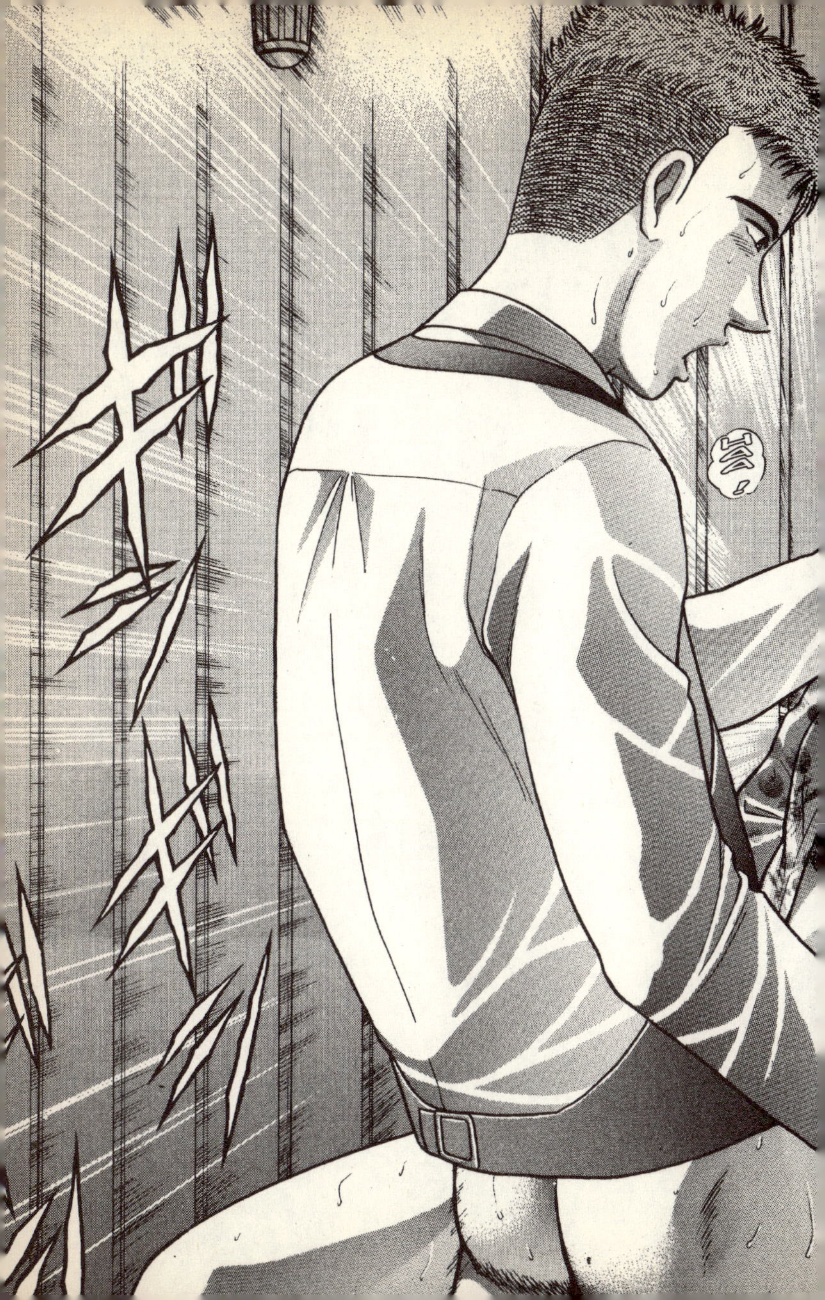

épisode 17 : danger

BLA-
BLA-
BLA
BLA-
BLA-
BLA
SCRUTT
SCRUTT
C'EST MOI QUE TU ATTENDS ?
STAC
STAC
AH ! TAKA-KO... AHEM...
HI HI
JE PLAISANTE. JE SAIS BIEN QUE C'EST KUMI QUE TU ES VENU VOIR. NE T'EN FAIS PAS.
...
NON... À VRAI DIRE, JE...
STAC
STAC
AH ! KUMI...
ATTENDS !

EST-CE QUE TU ES PRÊT À MOURIR POUR ELLE ?
PARDON ?
ELLE L'A DIT ELLE-MÊME : ELLE PORTE MALHEUR !
LE TUEUR S'EN PREND À SON ENTOURAGE, PAS VRAI ?
JE COMPRENDS BIEN QUE TU T'INQUIÈTES POUR ELLE. MOI AUSSI, JE ME FAIS DU SOUCI.
MAIS JE NE VOUDRAIS PAS QU'IL T'ARRIVE QUELQUE CHOSE... TU COMPRENDS ?
EUH... OUI... ENFIN, JE...
TA... TAKAKO...
JE NE VEUX PAS QUE TU TE FASSES TUER.

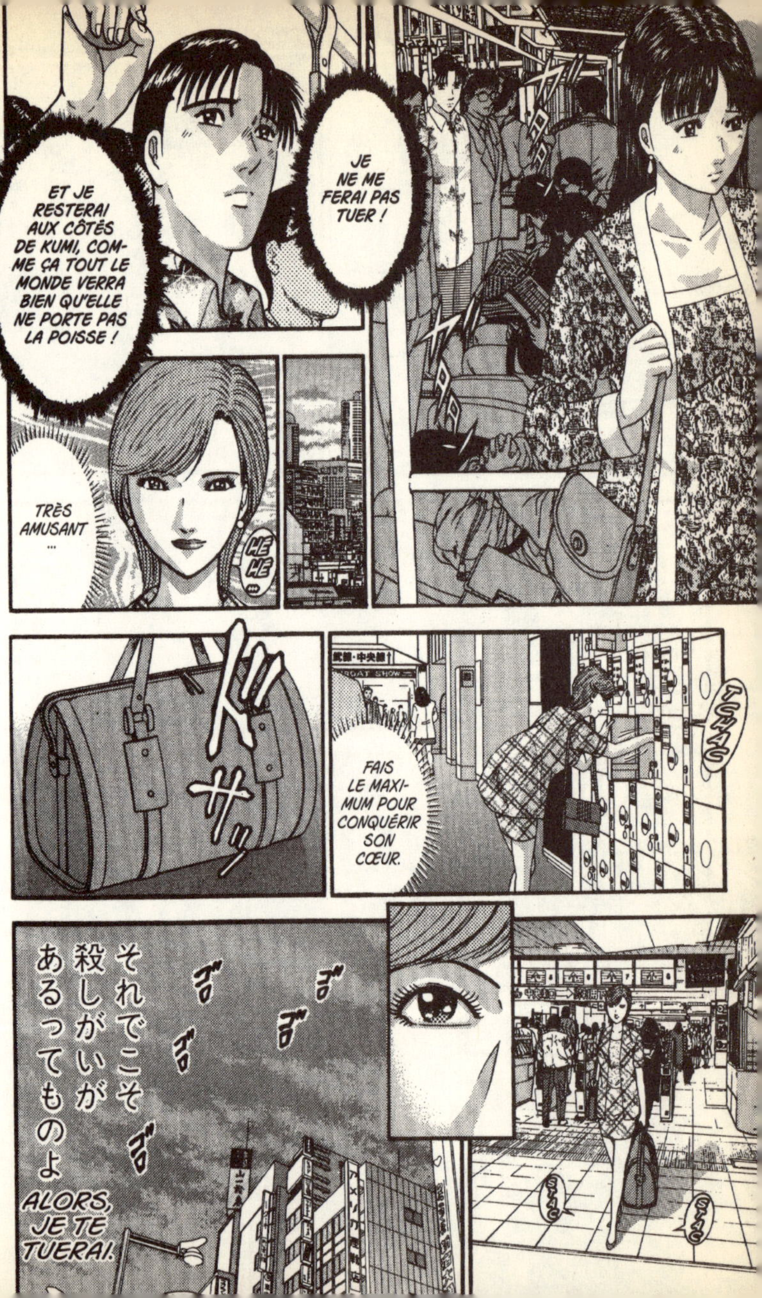
JE NE ME FERAI PAS TUER !
ET JE RESTERAI AUX CÔTÉS DE KUMI, COMME ÇA TOUT LE MONDE VERRA BIEN QU'ELLE NE PORTE PAS LA POISSE !
TRÈS AMUSANT ...
HE HE ...
TCHAG
FAIS LE MAXIMUM POUR CONQUÉRIR SON CŒUR.
STAC
STAC
それでこそ殺しがいがあるってものよ
ALORS, JE TE TUERAI.

306 TASAKA
306
TASAKA
EH OUI, C'ÉTAIT BIEN LÀ.
KUMI... IL FAUT QU'ON PARLE ! OUVRE-MOI !
...
TAICHI... TU M'AS SUIVIE ?
NE T'APPROCHE PAS DE MOI !
TU NE PORTES PAS MALHEUR, KUMI. LAISSE-MOI LE PROUVER !
VA-T'EN !!
...
TU NE VEUX PLUS DE MON AIDE ?
OUVRE-MOI !
KUMI !

VA-T'EN ET NE REVIENS PLUS !
JE SORS AVEC MAKOTO MAINTENANT !
LAISSE-NOUS TRANQUILLES !
PAS TOI... JE NE VEUX PAS QUE TU MEURES...
TU NE DOIS PAS M'APPROCHER...
SURTOUT PAS...
?!

JE SUIS SUIVI... L'ASSAS-SIN ?
GLUPS !
PAS D'ERREUR ... C'EST BIEN ELLE !
SWUP
SWUP
TU VAS PAYER POUR TOUS TES CRIMES !
TU ES FAIT, ASSAS-SIN !!

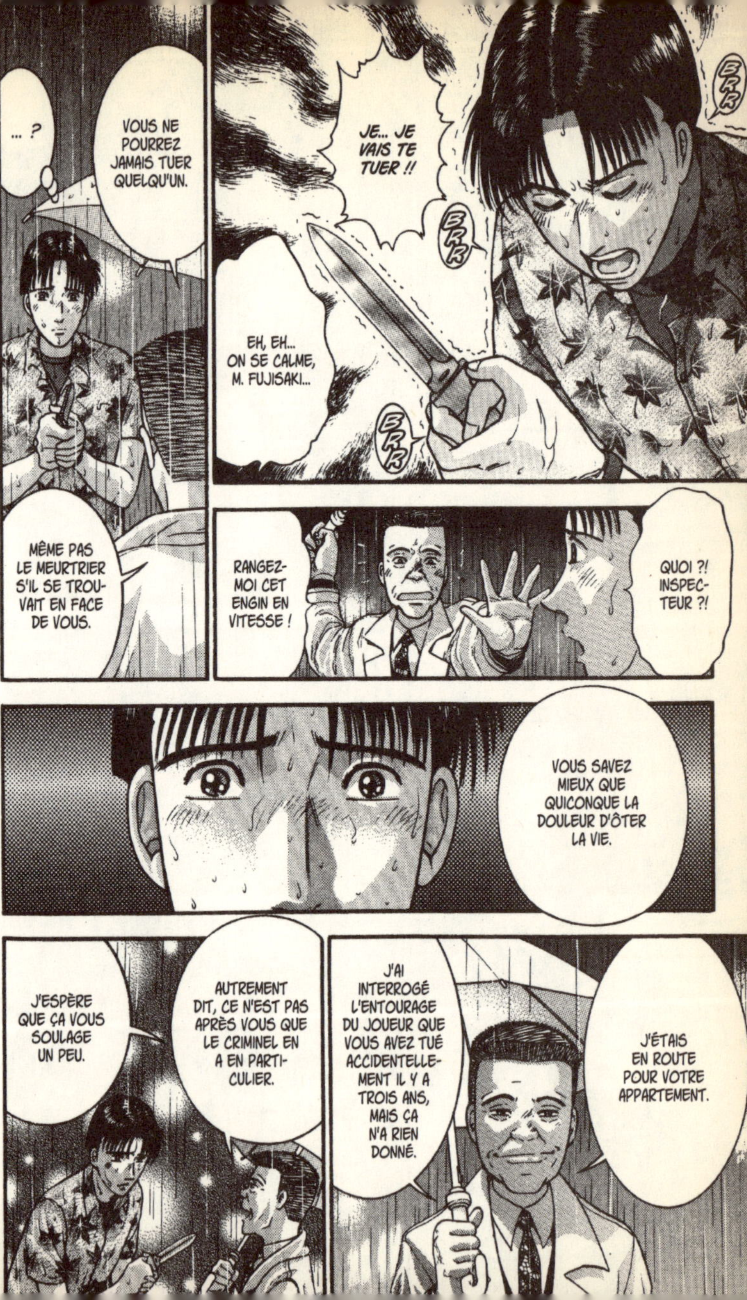
BRR
JE... JE VAIS TE TUER !!
BRR
EH, EH... ON SE CALME, M. FUJISAKI...
BRR
QUOI ?! INSPECTEUR ?!
RANGEZ-MOI CET ENGIN EN VITESSE !
VOUS NE POURREZ JAMAIS TUER QUELQU'UN.
... ?
MÊME PAS LE MEURTRIER S'IL SE TROUVAIT EN FACE DE VOUS.
VOUS SAVEZ MIEUX QUE QUICONQUE LA DOULEUR D'ÔTER LA VIE.
J'ÉTAIS EN ROUTE POUR VOTRE APPARTEMENT.
J'AI INTERROGÉ L'ENTOURAGE DU JOUEUR QUE VOUS AVEZ TUÉ ACCIDENTELLEMENT IL Y A TROIS ANS, MAIS ÇA N'A RIEN DONNÉ.
AUTREMENT DIT, CE N'EST PAS APRÈS VOUS QUE LE CRIMINEL EN A EN PARTICULIER.
J'ESPÈRE QUE ÇA VOUS SOULAGE UN PEU.

P... PARDON DE VOUS AVOIR PRIS POUR LE TUEUR...
ÉVITEZ DONC DE VOUS PROMENER AVEC CETTE ARME.
ELLE NE VOUS SERVIRA À RIEN, DE TOUTE FAÇON.
...
JE VAIS RENTRER CHEZ NOUS DEMAIN.
ALORS JE VOULAIS FAIRE LA CUISINE POUR TE REMERCIER DE TON HOSPITALITÉ.
JE ME SUIS DONC MISE AUX FOURNEAUX, POUR UNE FOIS.
AH AH !
AU CAS OÙ, J'AI PRÉVU UN PETIT MÉDICAMENT POUR FACILITER LA DIGESTION !
ALLEZ, À L'ATTAQUE ! BON APPÉTIT !
NE T'EN VA PAS...

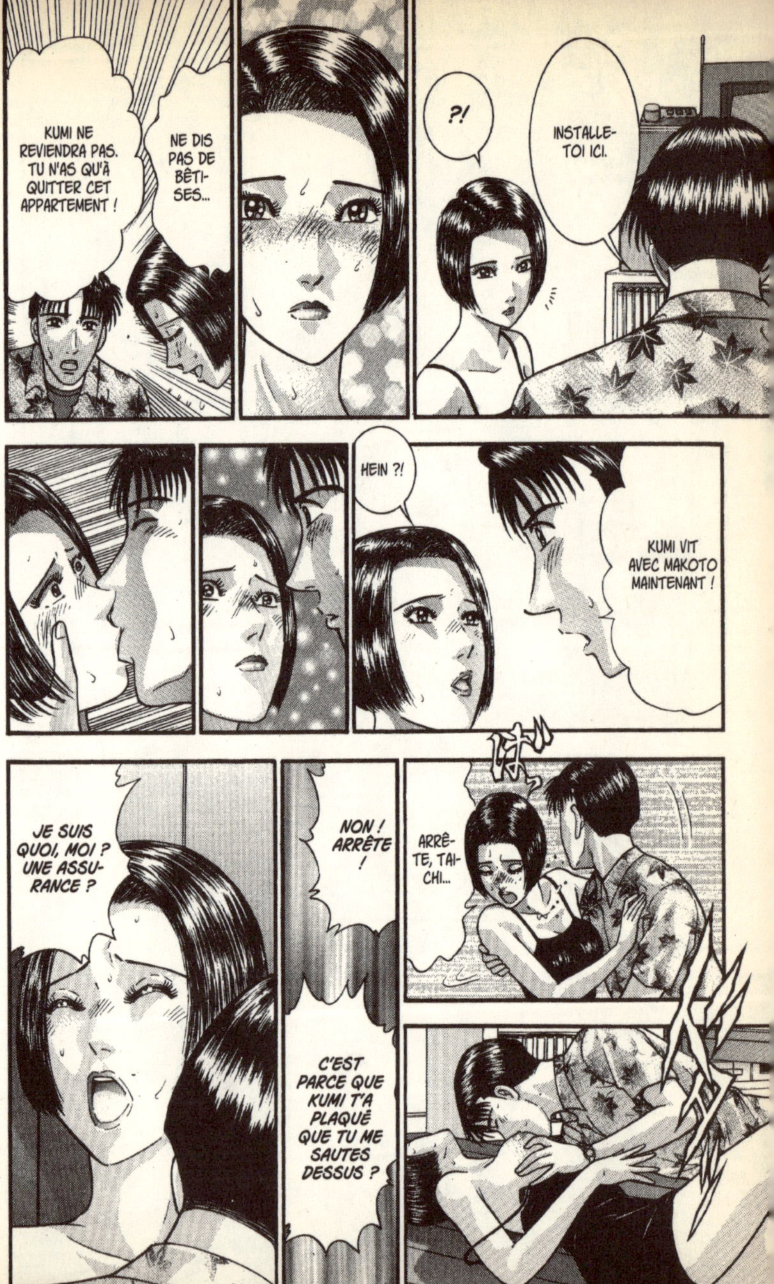

INSTALLE-TOI ICI.
?!
NE DIS PAS DE BÊTISES...
KUMI NE REVIENDRA PAS. TU N'AS QU'À QUITTER CET APPARTEMENT !
KUMI VIT AVEC MAKOTO MAINTENANT !
HEIN ?!
はっ
ARRÊTE, TAICHI...
NON ! ARRÊTE !
C'EST PARCE QUE KUMI T'A PLAQUÉ QUE TU ME SAUTES DESSUS ?
JE SUIS QUOI, MOI ? UNE ASSURANCE ?

RIN-KO...
TAICHI...
PARDON, RINKO... JE VAIS ME RAFRAÎCHIR LES IDÉES.
IDIOT...
BIP
BIP
BIP
BIP
BIP
ALLÔ ?
Takako, j'écoute ?
C'EST TAICHI... EST-CE QUE JE PEUX PASSER VOUS VOIR ?
Maintenant ? il s'est passé quelque chose ?
NON... RIEN DE SPÉCIAL...

C'EST JUSTE QUE J'AI ENVIE DE VOUS VOIR...

SI ÇA VOUS DÉRANGE, DITES-LE-MOI FRANCHEMENT.
EH BIEN...
GWUP
GWUP
GWUP
GWUP
Entendu ! Je t'attends !
Nous discuterons autour d'un verre. Du vin, peut-être ?
D'ACCORD... JE PASSE ACHETER UNE BOUTEILLE.
502
TÔNO
DING DONG
DING DONG

502
ÔNO
TÔNO
OUI, QUI EST-CE ?
TAICHI.
KZZZZZ
PARDON. QUI EST-CE ?
?
C'EST MOI, TAICHI !
CLIC
ギイイッ
BON-SOIR...

POURQUOI TU T'AMUSES À FAIRE LA LESSIVE ?
BEN... LE PANIER À LINGE ÉTAIT PLEIN, ALORS...
T'AS RIEN DE MIEUX À FAIRE ?
C'EST PAS POUR ÇA QUE TU T'ES INSTALLÉE ICI, TU TE SOUVIENS ?
NE TOUCHE PLUS À RIEN À PARTIR DE MAINTENANT.
SI ON EST TOUS LES DEUX ICI, C'EST PARCE QUE TU ME DÉTESTES.
ALORS HAIS-MOI DE TOUT TON CŒUR, QUE JE ME FASSE TUER ET QU'ON EN FINISSE !
MAKOTO...

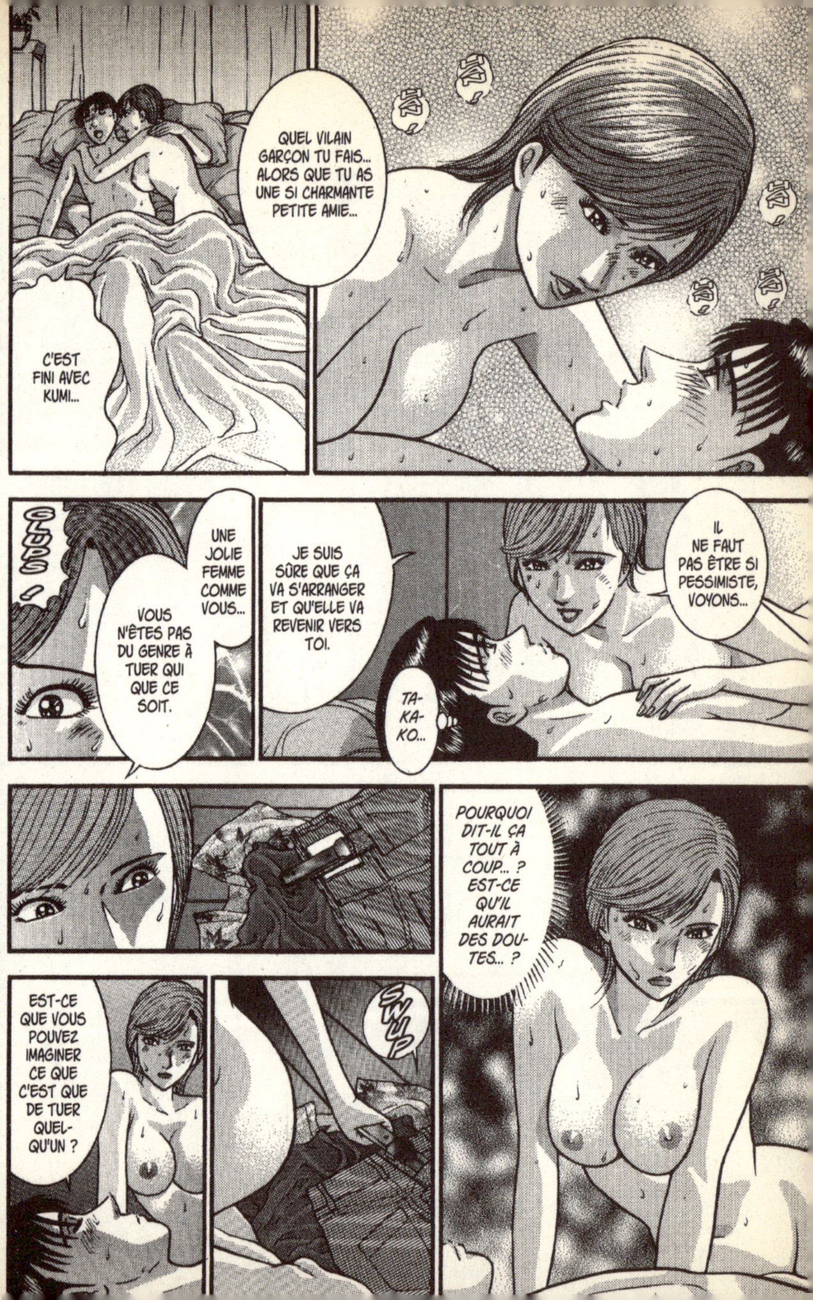
ZZZ
QUEL VILAIN GARÇON TU FAIS... ALORS QUE TU AS UNE SI CHARMANTE PETITE AMIE...
C'EST FINI AVEC KUMI...
IL NE FAUT PAS ÊTRE SI PESSIMISTE, VOYONS...
TA-KA-KO...
JE SUIS SÛRE QUE ÇA VA S'ARRANGER ET QU'ELLE VA REVENIR VERS TOI.
UNE JOLIE FEMME COMME VOUS...
VOUS N'ÊTES PAS DU GENRE À TUER QUI QUE CE SOIT.
GLUPS !
POURQUOI DIT-IL ÇA TOUT À COUP... ? EST-CE QU'IL AURAIT DES DOU-TES... ?
SWUP
EST-CE QUE VOUS POUVEZ IMAGINER CE QUE C'EST QUE DE TUER QUEL-QU'UN ?

MOI, JE L'AI DÉJÀ FAIT.
JE SAIS... UN MAUVAIS LANCER... C'ÉTAIT LA MALCHANCE.
PEUT-ÊTRE, MAIS... LE REMORD NE ME QUITTE PAS DEPUIS CE JOUR.
HÉ HÉ...
PARDON D'AVOIR COMMENCÉ CETTE HISTOIRE... C'EST ÉVIDENT QUE VOUS NE POUVEZ PAS COMPRENDRE CE QUE ÇA FAIT...
NE T'INQUIÈTE PAS. DORS.
SWUP
ZZZZ ZZZZ
TUER QUELQU'UN...
SWUP
ZZZZ ZZZZ
CE QU'ON RESSENT AVANT ET APRÈS LE MEURTRE...
SWUP

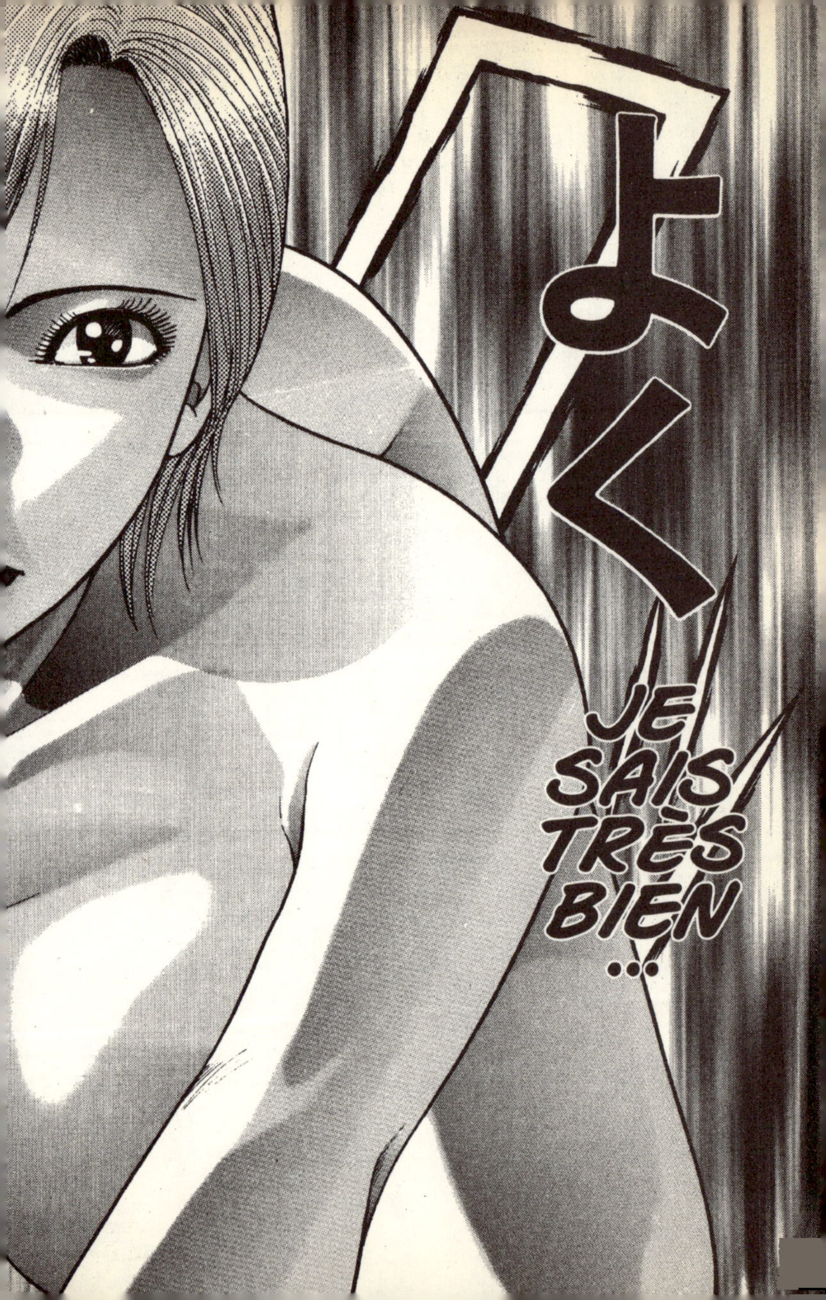
よく
JE SAIS TRÈS BIEN ...!

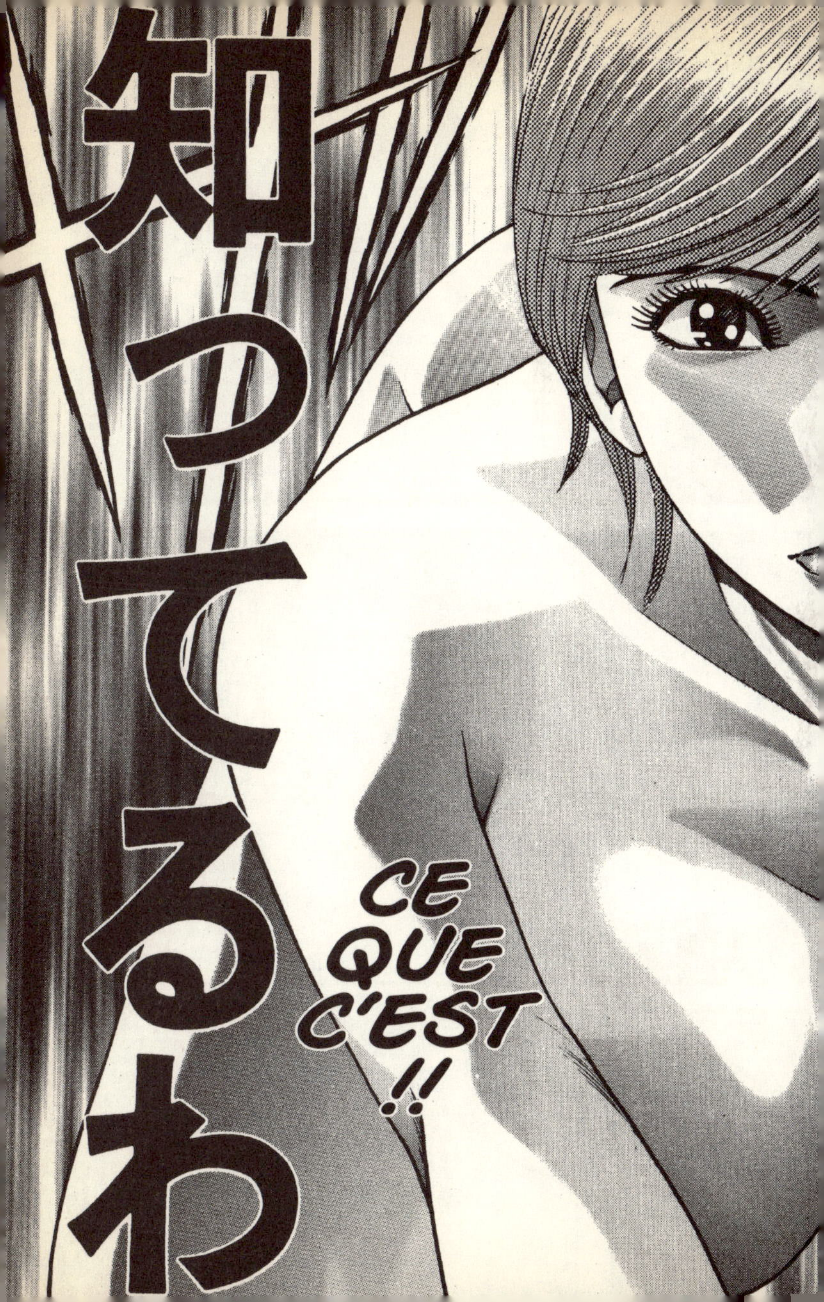
知ってるわ
CE QUE C'EST !!

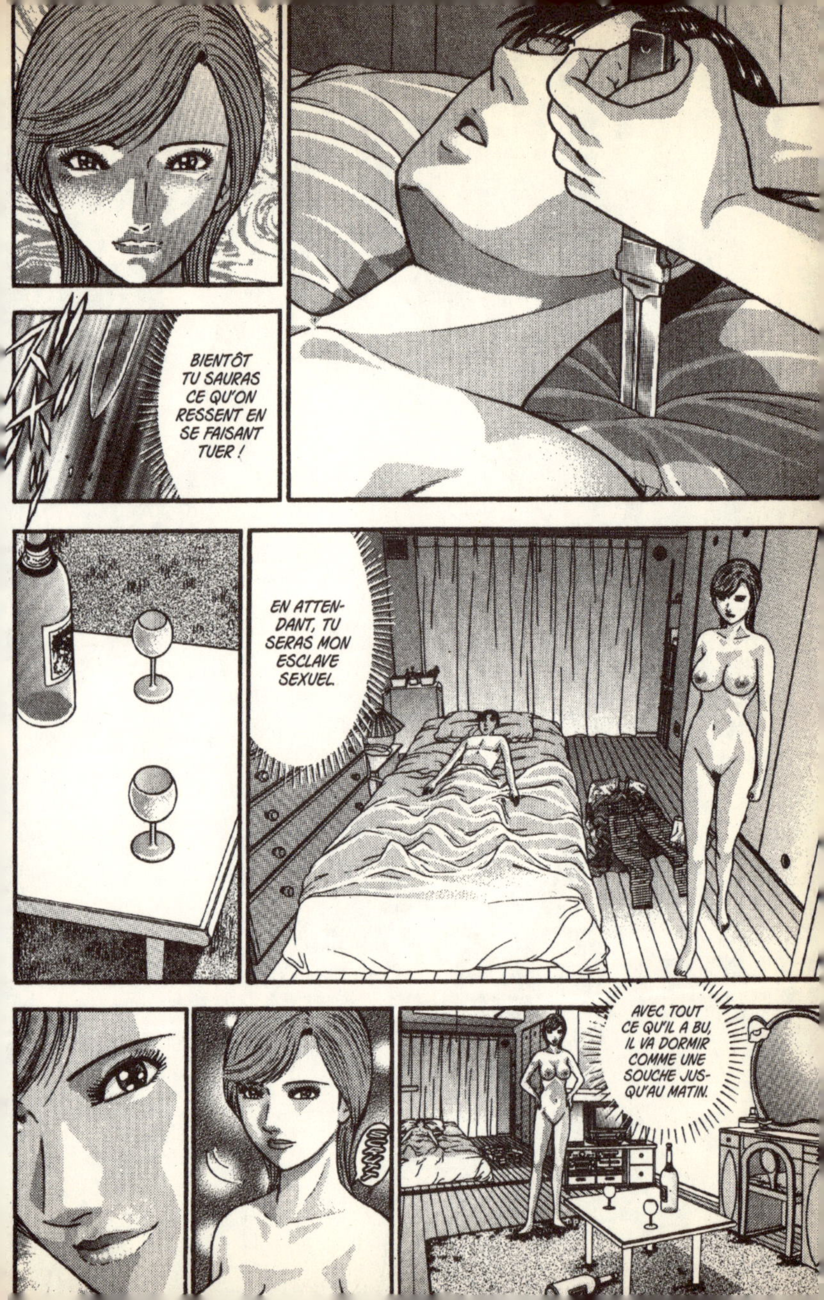
BIENTÔT TU SAURAS CE QU'ON RESSENT EN SE FAISANT TUER !
EN ATTEN-DANT, TU SERAS MON ESCLAVE SEXUEL.
AVEC TOUT CE QU'IL A BU, IL VA DORMIR COMME UNE SOUCHE JUS-QU'AU MATIN.

DING DONG
GLUPS !
QUI EST LÀ ?
RÉPONDEZ !
TOC TOC
QUI EST-LÀ ?!
TAICHI.
HEIN ?!

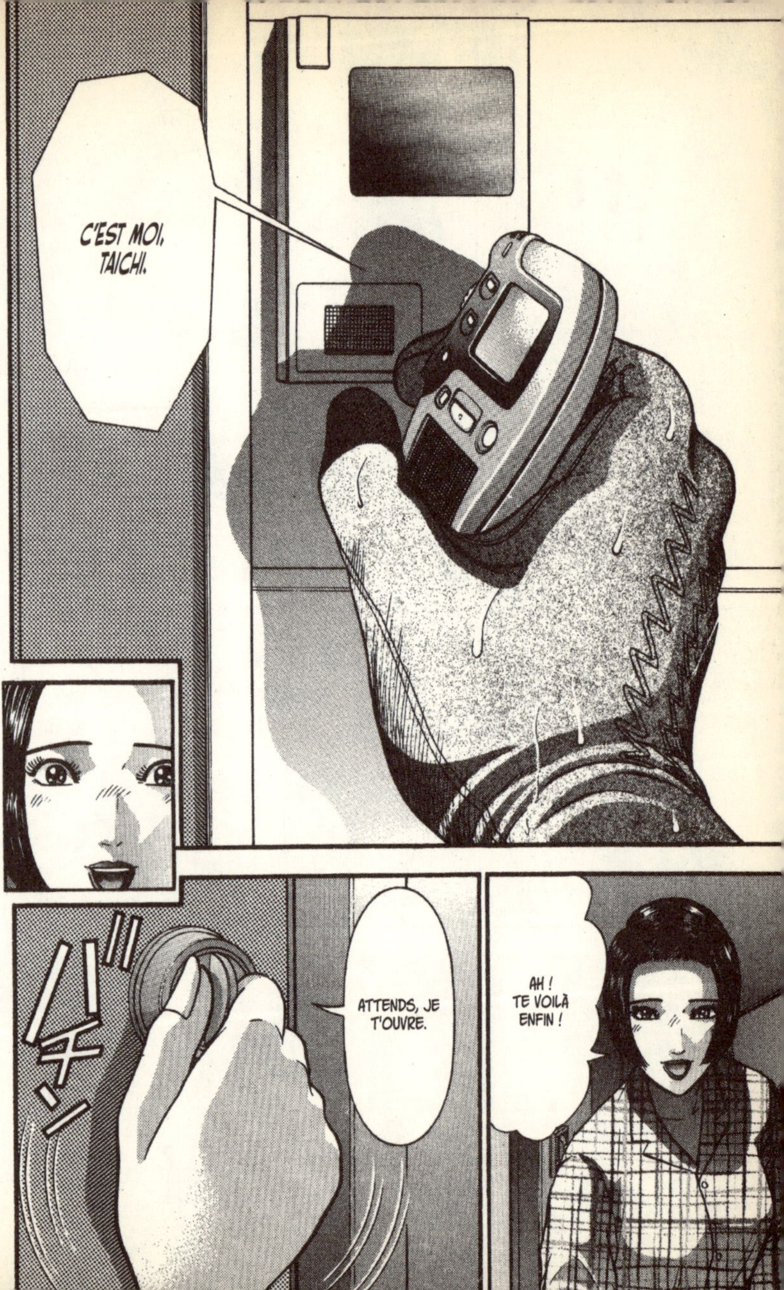
C'EST MOI. TAICHI.
AH ! TE VOILÀ ENFIN !
ATTENDS, JE T'OUVRE.
バチン

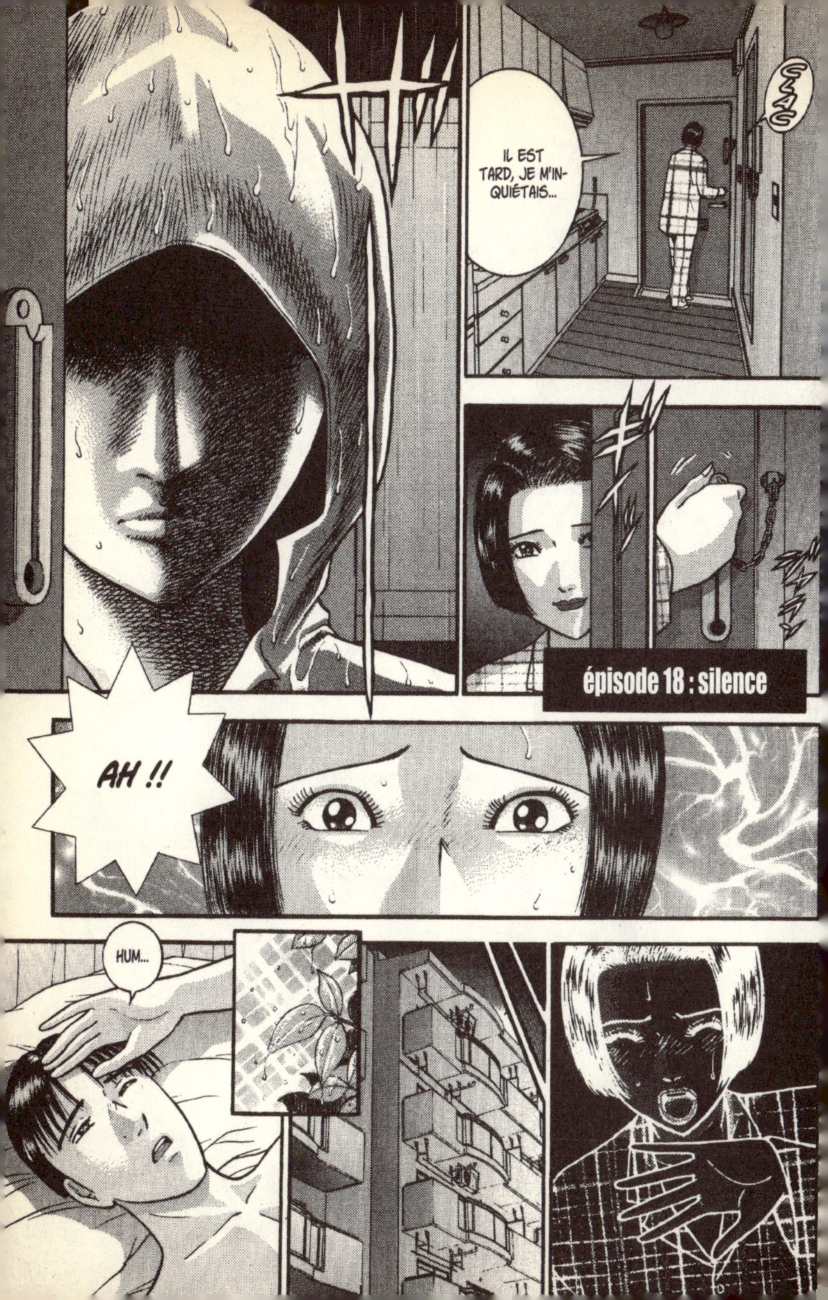

CLAC
IL EST TARD, JE M'IN-QUIÉTAIS...
épisode 18 : silence
AH !!
HUM...

épisode 18 : silence

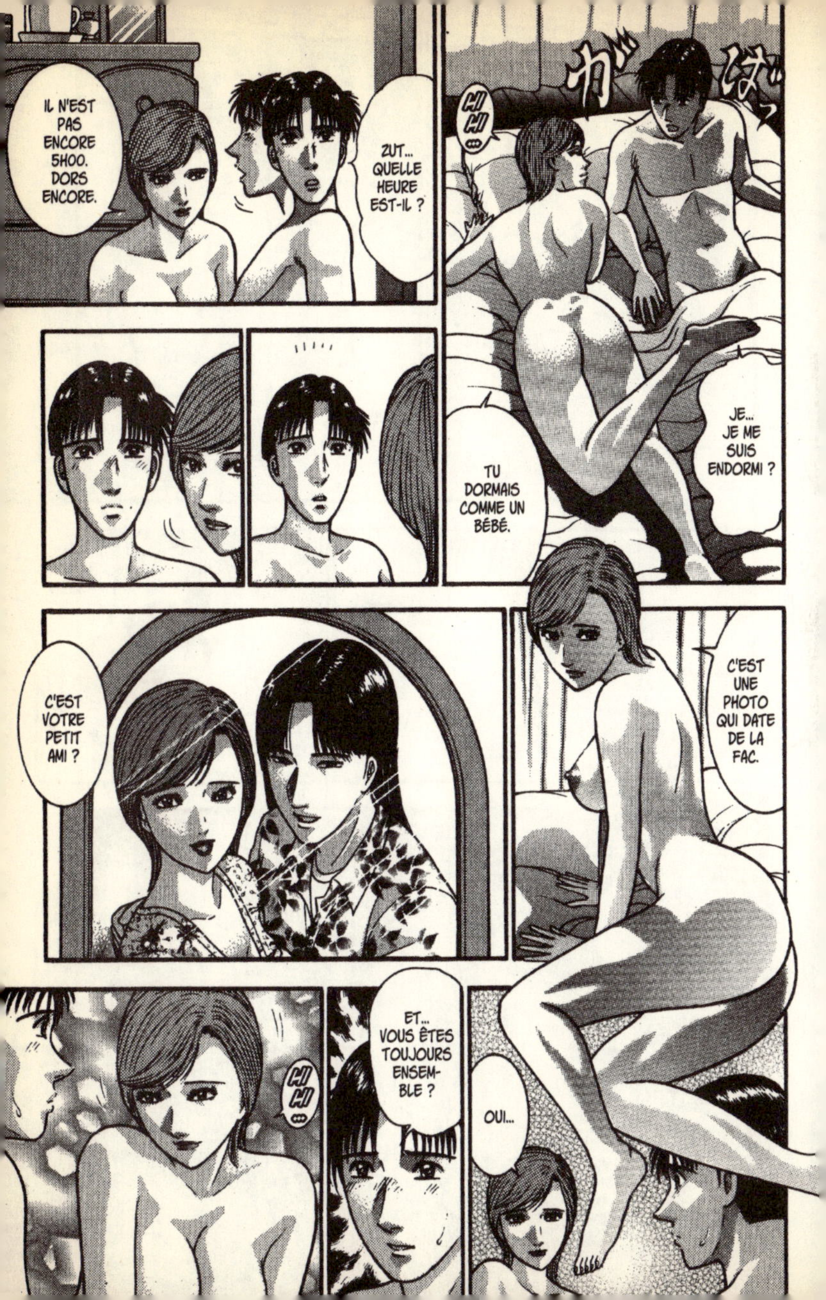
ガばっ
HI HI...
JE... JE ME SUIS ENDORMI ?
TU DORMAIS COMME UN BÉBÉ.
ZUT... QUELLE HEURE EST-IL ?
IL N'EST PAS ENCORE 5H00. DORS ENCORE.
C'EST UNE PHOTO QUI DATE DE LA FAC.
C'EST VOTRE PETIT AMI ?
ET... VOUS ÊTES TOUJOURS ENSEM-BLE ?
OUI...
HI HI...

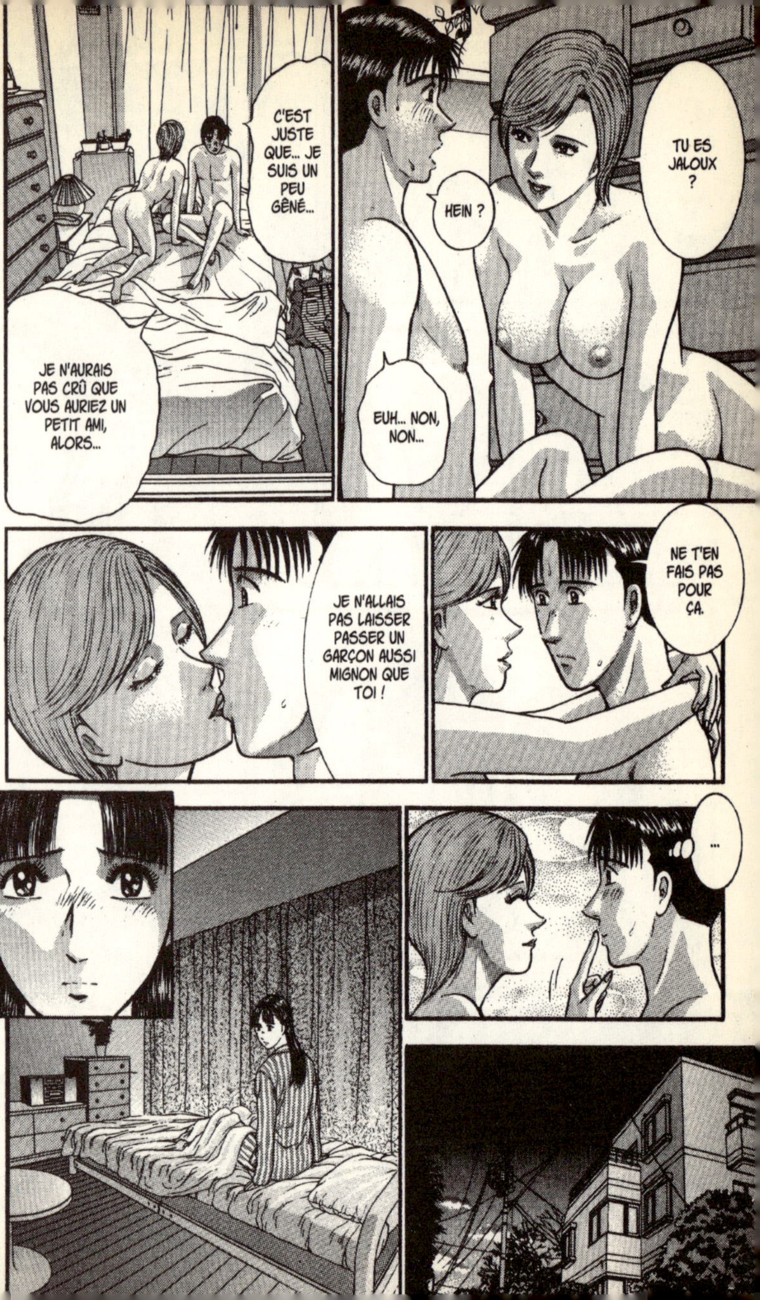
TU ES JALOUX ?
HEIN ?
EUH... NON, NON...
C'EST JUSTE QUE... JE SUIS UN PEU GÊNÉ...
JE N'AURAIS PAS CRÛ QUE VOUS AURIEZ UN PETIT AMI, ALORS...
NE T'EN FAIS PAS POUR ÇA.
JE N'ALLAIS PAS LAISSER PASSER UN GARÇON AUSSI MIGNON QUE TOI !
...

...
JE NE VEUX PAS QUE MES AMIS SE FASSENT TUER...
LA SEULE MORT QUE JE SOUHAITE, C'EST LA TIENNE...
!!
J'AI PEUR...
QU'EST-CE QUE TU FAIS ?!
T'APPROCHE PAS DE MOI !
MOI AUSSI J'AI PEUR...

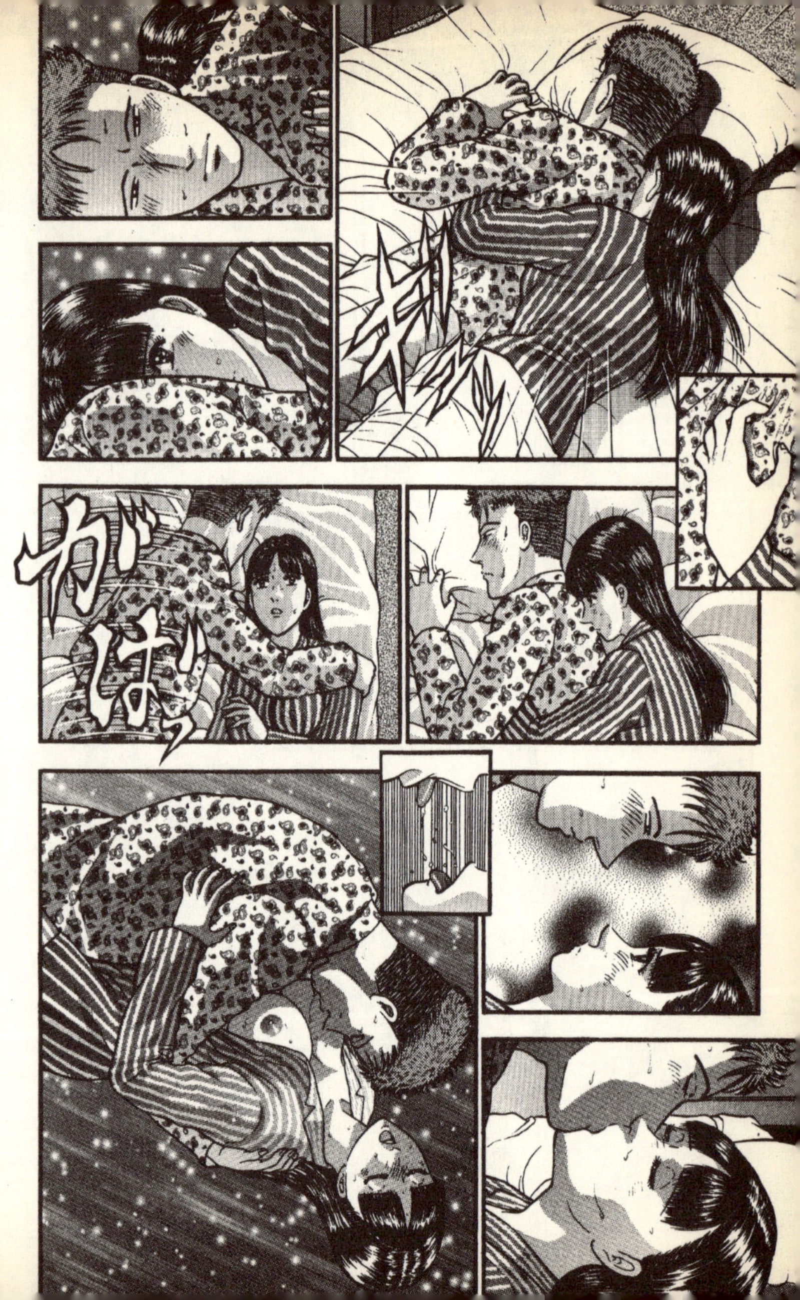
ギシッ
がばっ

STAG
STAG
STAG
AH !
C'EST DANGEREUX DE LAISSER LA PORTE GRANDE OUVERTE !
... ?
RINKO ? TU ES LÀ ?
... ?
RINKO ?

ARRÊTE, TAI-CHI...
C'EST PARCE QUE KUMI T'A PLAQUÉ QUE TU ME SAUTES DESSUS ?
JE SUIS QUOI, MOI ? UNE ASSURANCE ?
PAS ÉTONNANT QU'ELLE SOIT PARTIE APRÈS ÇA...
?!
BON SANG... !!

ELLE N'EST QUAND MÊME PAS SORTIE PIEDS NUS !!
SALETÉS DE NUAGES... À TOUS LES COUPS, JE VAIS ME PRENDRE UNE SAUCÉE...
CLAC
CLAC

COMMENT ?! RINKO A DISPARU ?!
OUI... ELLE N'ÉTAIT PAS CHEZ ELLE, ET ELLE N'A PAS L'AIR D'ÊTRE À LA FAC NON PLUS.
Ok. Je vais contacter tout le monde. Je te tiens au courant.
JE COMPTE SUR TOI !
VOUS N'AVEZ PAS VU RINKO ?
NON...
まさか……
ATTENDS VOIR...
まさか…
BON SANG !

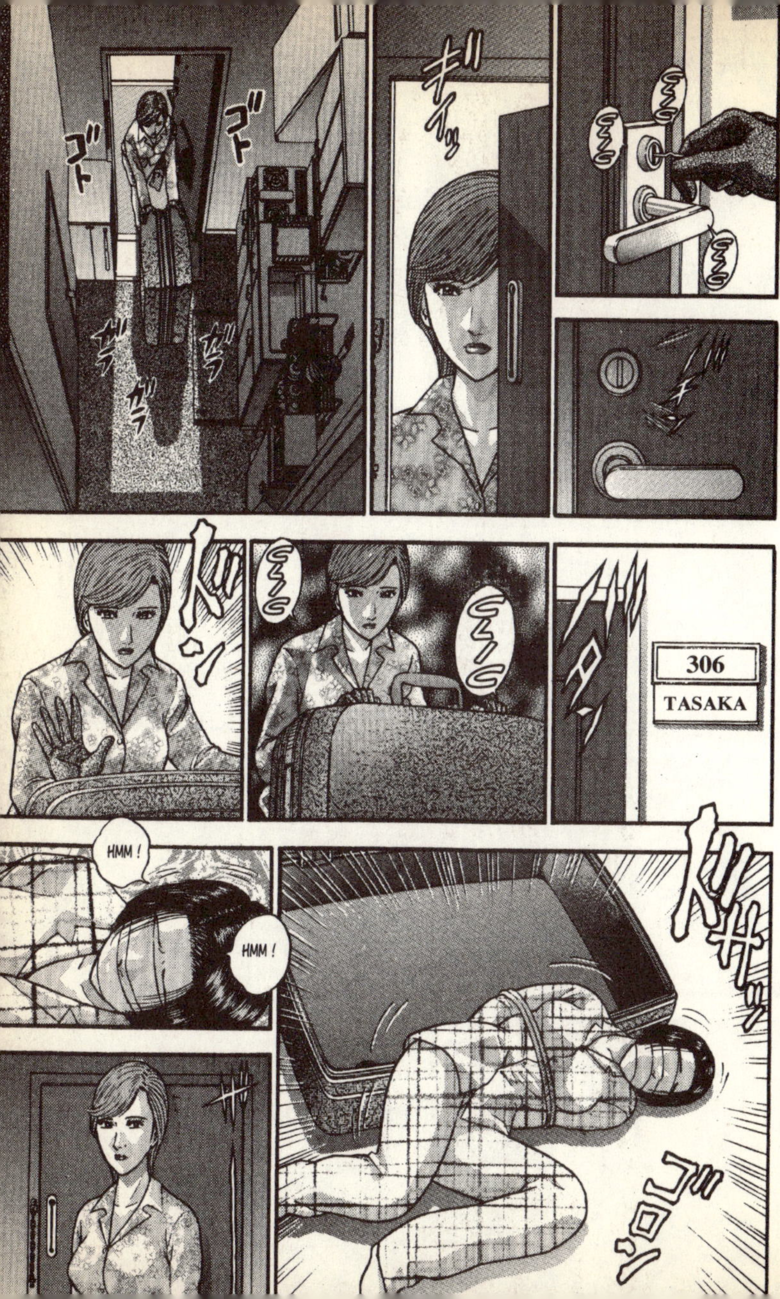

306
TASAKA
HMM !
HMM !

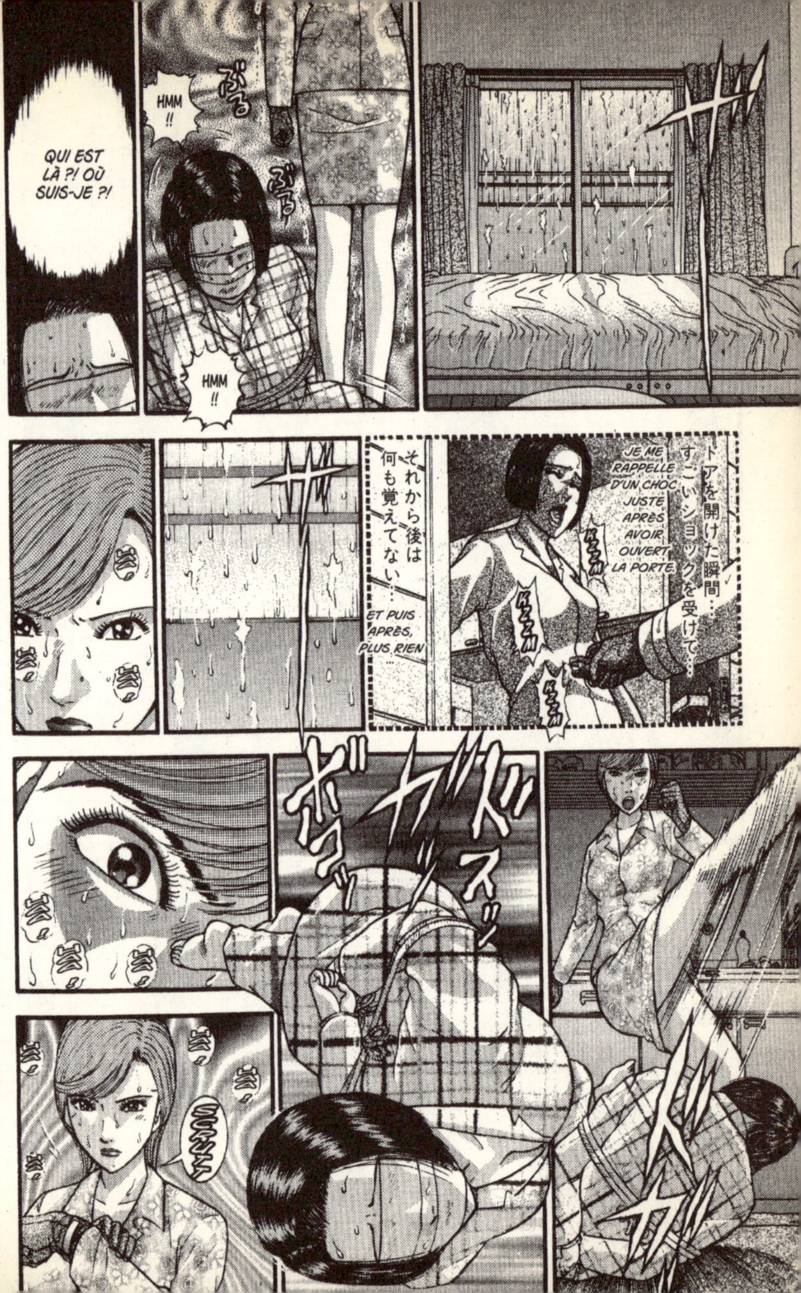
ぶる
HMM !!
ぶる
HMM !!
QUI EST LÀ ?! OÙ SUIS-JE ?!
ドアを開けた瞬間…すごいショックを受けて…
JE ME RAPPELLE D'UN CHOC JUSTE APRÈS AVOIR OUVERT LA PORTE.
それから後は何も覚えてない……
ET PUIS APRÈS, PLUS RIEN…

RINKO A DISPARU ?!
COMMENT ?!
OUI... ELLE NE T'A PAS CONTACTÉE ?
OH NON... PAS RINKO !!
KUMI ? TU M'ÉCOUTES ?
NON... C'EST IMPOSSIBLE...
TUT... TUT... TUT...
KUMI...
TUUT !
VROOM

PAUVRE KUMI... ELLE N'A PAS LA FORME...
EN PLUS, MLLE TÔNO ÉTAIT EN CONGÉ.
QUELLE TRISTE JOURNÉE...
RINKO ...
TULULULULU
GLUPS !
NON ! PITIÉ ! JE VEUX PAS MOURIR...
C'EST TA FAUTE, KUMI !
C'EST TA... GYAAAAAH !!
LE TUEUR M'A TÉLÉPHONÉ EXPRÈS AU MOMENT DE TUER KÔHEI...
ALLÔ ! DÉSOLÉE, JE VAIS AVOIR UN PEU DE RETARD.
...
MON DIEU...

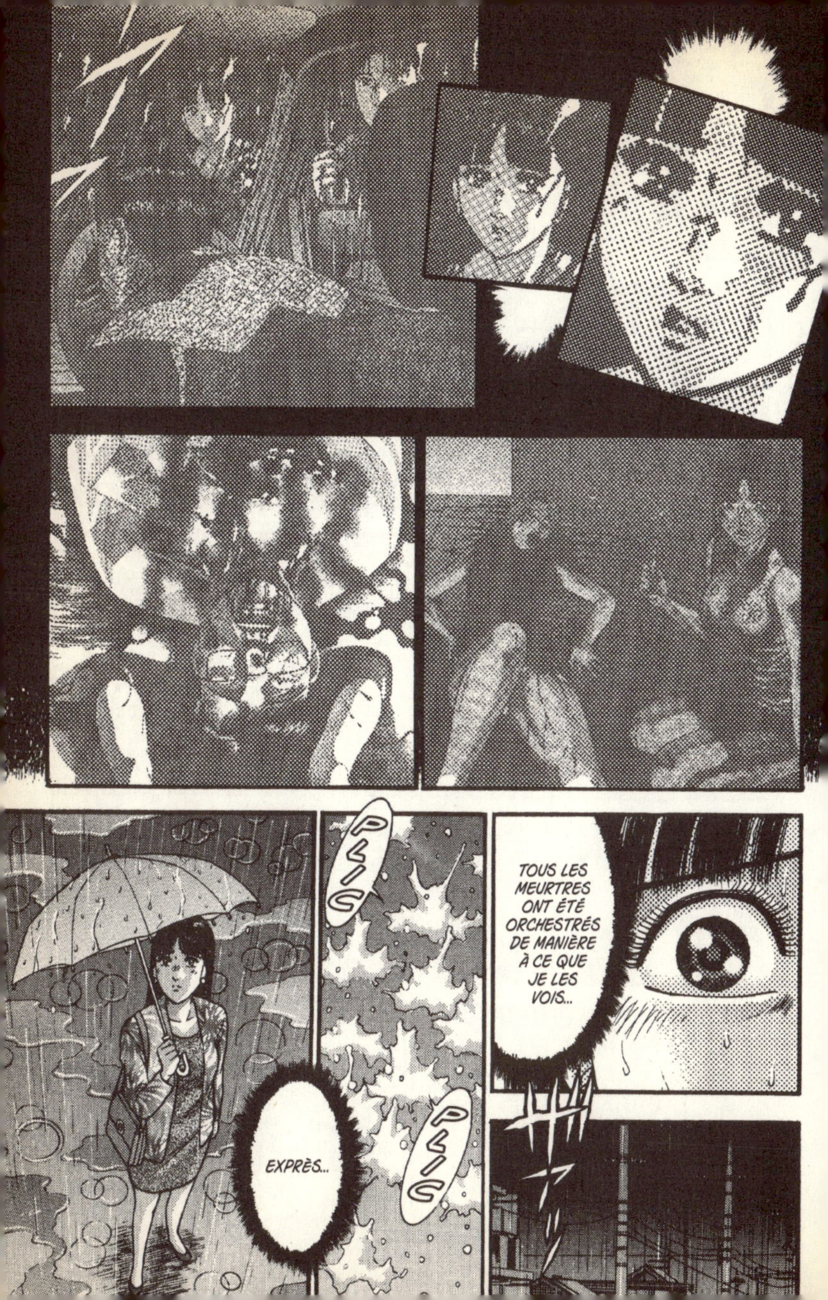
TOUS LES MEURTRES ONT ÉTÉ ORCHESTRÉS DE MANIÈRE À CE QUE JE LES VOIS...
PLIC
PLIC
EXPRÈS...

まさか・・・リンコは・・・
RINKO... POURVU QUE...
GLUPS
TULULULULU
KUMI ?
Rinko...
HEIN ?!
S'IL TE PLAIT... VIENS VITE !!
ざあああ—・・・
KUMI ?
CALME-TOI UN PEU. QU'EST-CE QU'IL Y A ?
JE SUIS SÛRE QUE RINKO EST CHEZ TOI...
RENTRE TOUT DE SUITE, JE T'EN SUPPLIE !!

VOUS ÊTES BIEN SOURIANTE. IL Y A UNE RAISON PARTICULIÈRE ?
OUI...
C'EST BIENTÔT L'HEURE.
PLIC
PLIC
PLIC
PLIC
PLIC
PLIC

PLIC
PLIC
PLIC
PLIC
PLIC
PLIC

HMM !!
HMM !!
HMM !!
HMM !!

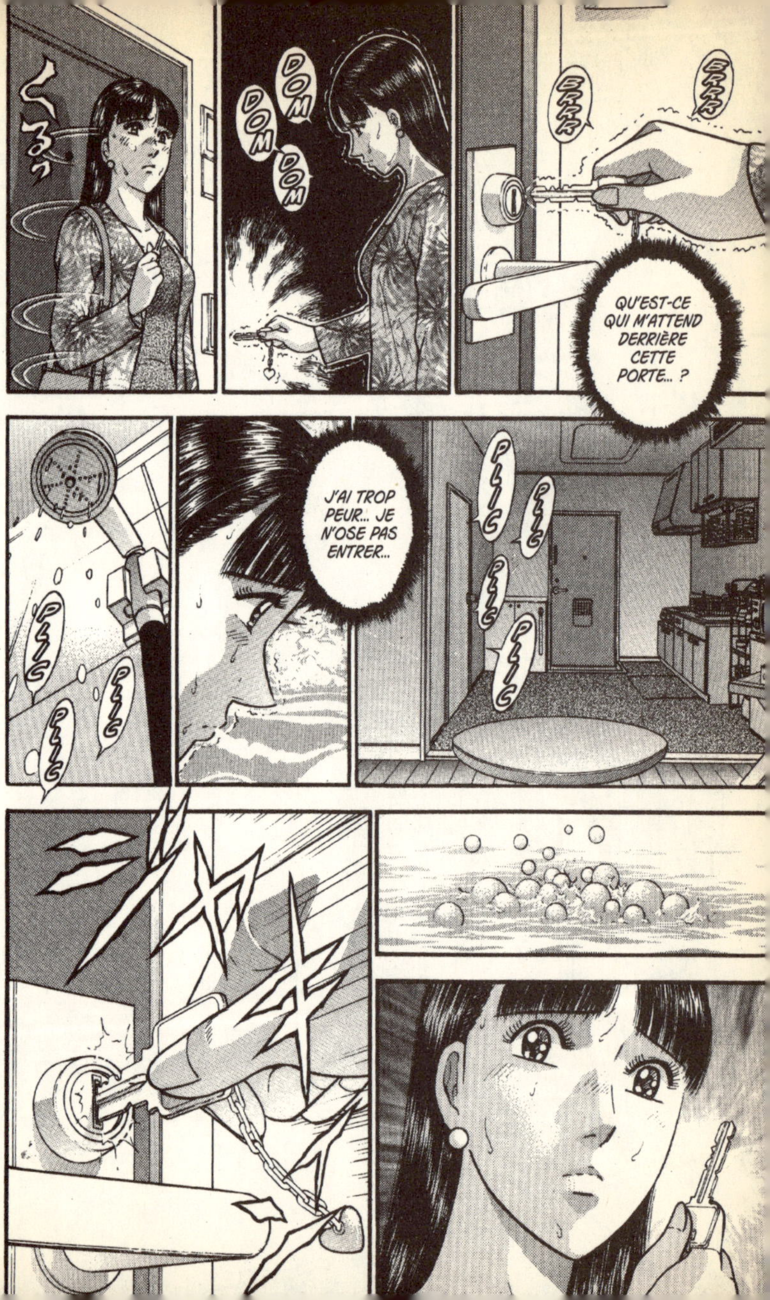
BRRR
BRRR
QU'EST-CE QUI M'ATTEND DERRIÈRE CETTE PORTE... ?
DOM DOM DOM DOM
くるっ
PLIC PLIC PLIC PLIC
J'AI TROP PEUR... JE N'OSE PAS ENTRER...
PLIC PLIC

DOM
DOM
DOM
GWIP
PLIC
PLIC
PLIC
OUF !
JE ME FAISAIS DU CINÉ-MA...
épisode 19 : agression
PLIC
PLIC
PLIC
GLUPS !
PLIC
PLIC
QUOI ?!
?!

épisode 19 : agression

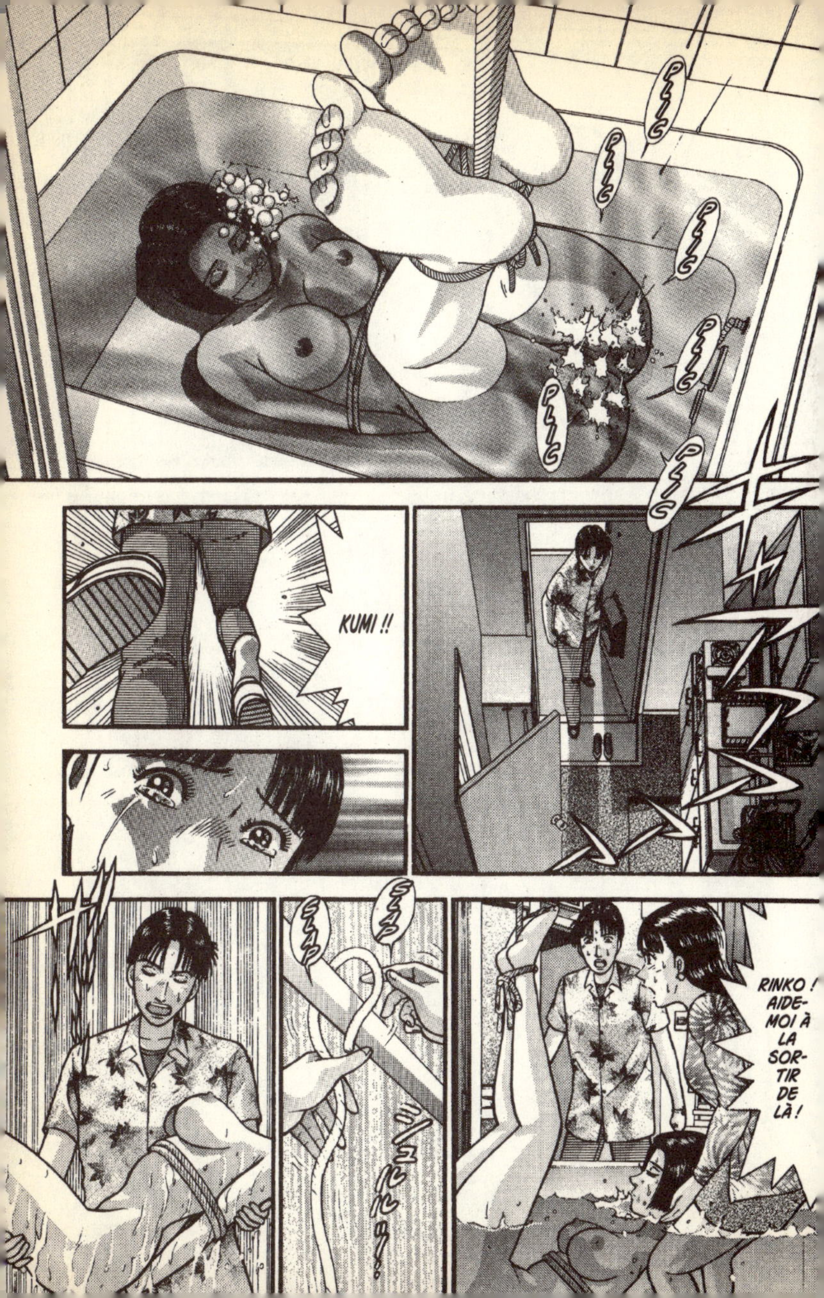

PLIC
PLIC
PLIC
PLIC
PLIC
PLIC
PLIC
KUMI !!
SLAP
SLAP
RINKO ! AIDE-MOI À LA SORTIR DE LÀ !

ば
JE T'EN PRIE, RINKO ! NE MEURS PAS !!
KOF !
SHOUF
RINKO...
K... KUMI...
RINKO A FAILLI MOURIR NOYÉE DANS TA BAIGNOIRE.
COMME JE SUIS CONTENTE !
QU'EST-CE QUE C'EST QUE TOUT CE BORDEL ?

TU AS ÉTÉ TRANSPORTÉE ICI PENDANT QUE TU ÉTAIS ÉVANOUIE ?
ALORS... TU N'AS PAS PU VOIR SON VISAGE ?
NON. J'AVAIS LES YEUX BANDÉS, ET PUIS...
IL M'A DONNÉ DES COUPS DE PIED, ET J'AI ENCORE PERDU CONNAIS-SANCE.
LORSQUE JE SUIS REVE-NUE À MOI, J'É-TAIS PIEDS ET POINGS LIÉS DANS LA BAI-GNOIRE...
TOUT EST DE MA FAUTE...
IL T'A AMENÉ ICI POUR QUE JE TE TROUVE...
JE SUIS DÉSOLÉE, RINKO...
MAIS NON, KUMI... TU N'Y ES POUR RIEN...
SI ! TOUT EST DE MA FAUTE !
FOUTEZ LE CAMP !

ATTENDS... TU POURRAIS AU MOINS LAISSER LE TEMPS À RINKO DE SE REMETTRE DE SES ÉMOTIONS...
ELLE EST PAS MORTE, NON ? ALORS BARREZ-VOUS !
MAKO-TO...
ET TU TE PRÊTENDS UN AMI ?!
ALLONS-NOUS-EN, TAICHI ...
JE T'EMPRUNTE UNE PAIRE DE CHAUSSURES, KUMI.
ALLEZ ! OUSTE !
CLAC

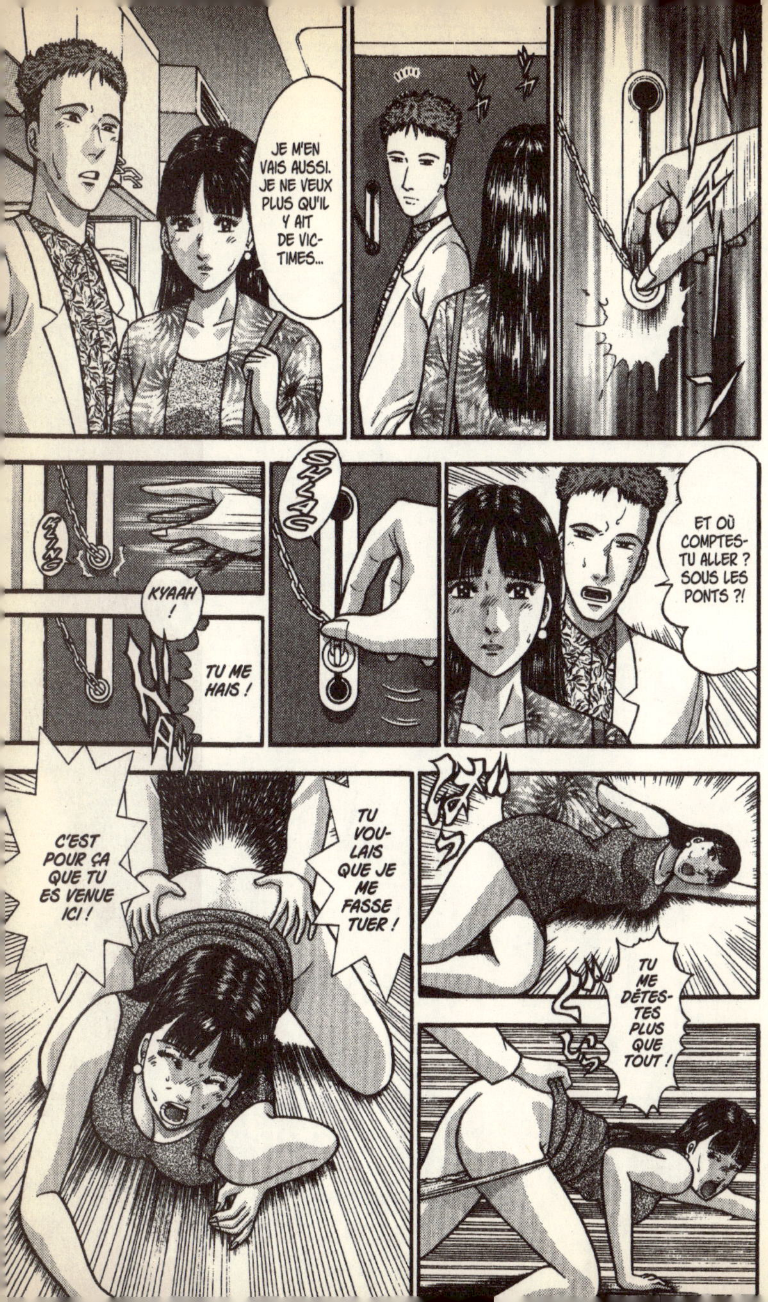
JE M'EN VAIS AUSSI. JE NE VEUX PLUS QU'IL Y AIT DE VICTIMES...
KYAAH !
TU ME HAIS !
ET OÙ COMPTES-TU ALLER ? SOUS LES PONTS ?!
C'EST POUR ÇA QUE TU ES VENUE ICI !
TU VOULAIS QUE JE ME FASSE TUER !
TU ME DÉTESTES PLUS QUE TOUT !

TIENS ! PRENDS ÇA ! HAIS-MOI ENCORE PLUS !
TU N'IRAS NULLE PART !
TU VAS RESTER LÀ ET CONTINUER À ME DÉTESTER !
JE SUIS DÉSOLÉ... SI J'ÉTAIS RESTÉ AVEC TOI, RIEN NE SERAIT ARRIVÉ...
TU SAIS À QUOI J'AI PENSÉ...
QUAND J'ÉTAIS SUR LE POINT DE MOURIR ?
JE ME SUIS RAPPELÉE T'AVOIR REPOUSSÉ...
ET J'AI REGRETTÉ DE NE PAS M'ÊTRE DONNÉE À TOI...

C'EST PARCE QUE KUMI T'A PLAQUÉ QUE TU ME SAUTES DESSUS ?
久美のかわりなら誰でもいいの？
JE SUIS QUOI, MOI ? UNE ASSURANCE ?
私は久美の保険なの？
NE TE FORCE PAS À DIRE ÇA.
OUBLIONS CET INCIDENT.
HÉ HÉ...
EN TOUS CAS, TU AS DE LA CHANCE QUE KUMI SOIT ARRIVÉE À TEMPS. QUELQUES MINUTES PLUS TARD ET C'ÉTAIT FINI...
...
TU N'AS VRAIMENT REMARQUÉ AUCUN DÉTAIL CONCERNANT LE TUEUR ?
NON... RIEN DU TOUT...
COMMENT ?!
QUITTER NOTRE APPARTEMENT ?!
PARDON, RINKO... JE SUIS PARTIE SANS TE DEMANDER TON AVIS...
TU AS DÉJÀ TROUVÉ UN AUTRE APPARTEMENT ?
OUI... J'AI UN PEU PEUR D'Y HABITER TOUTE SEULE...
...

À VRAI DIRE... JE LOGE CHEZ TAICHI DEPUIS QUELQUE TEMPS.
AH BON ?!
MAIS RASSURE-TOI, IL N'Y A RIEN DU TOUT ENTRE NOUS.
C'EST JUSTE POUR ME RENDRE SERVICE...
C'EST BON, RINKO... NE TE GÊNE PAS POUR MOI.
C'EST FINI ENTRE NOUS. JE NE MÉRITE PAS D'ÊTRE AVEC LUI...
QU'EST-CE QUE TU RACONTES...
VOUS N'AVEZ PAS UNE TABLE DE LIBRE ?
MLLE TÔNO... ASSEYEZ-VOUS AVEC NOUS, SI VOUS VOULEZ...
?!
SNIFF
RINKO, JE TE PRÉSENTE MLLE TÔNO, MA SUPÉRIEURE.
...

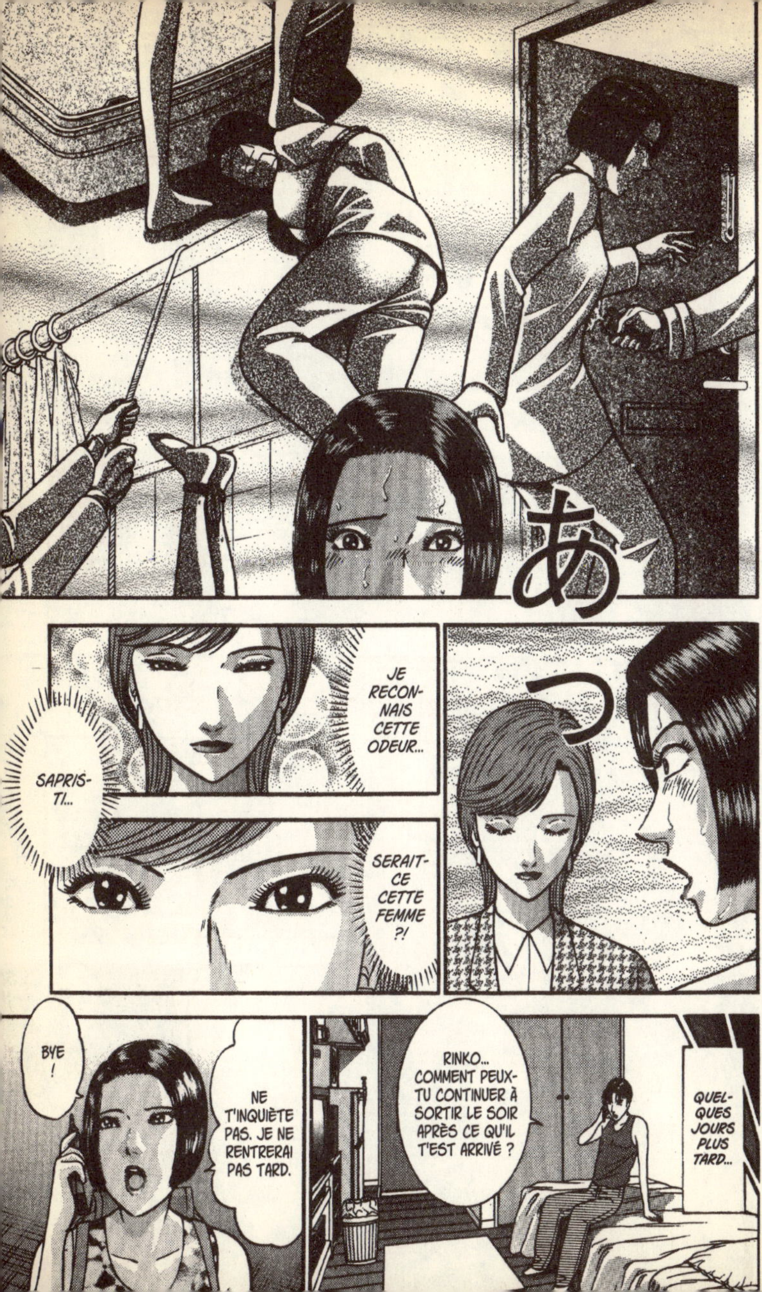
あ
つ
JE RECONNAIS CETTE ODEUR...
SAPRISTI...
SERAIT-CE CETTE FEMME ?!
QUELQUES JOURS PLUS TARD...
RINKO... COMMENT PEUX-TU CONTINUER À SORTIR LE SOIR APRÈS CE QU'IL T'EST ARRIVÉ ?
NE T'INQUIÈTE PAS. JE NE RENTRERAI PAS TARD.
BYE !

PLIC
PLIC
AH... VOILÀ QU'IL SE MET À PLEUVOIR.
ÇA FAIT QUATRE JOURS QUE JE FILE CETTE MLLE TÔNO, ET ÇA N'A RIEN DONNÉ.
MAIS CE SOIR, AVEC LA PLUIE, PEUT-ÊTRE QUE...
?!

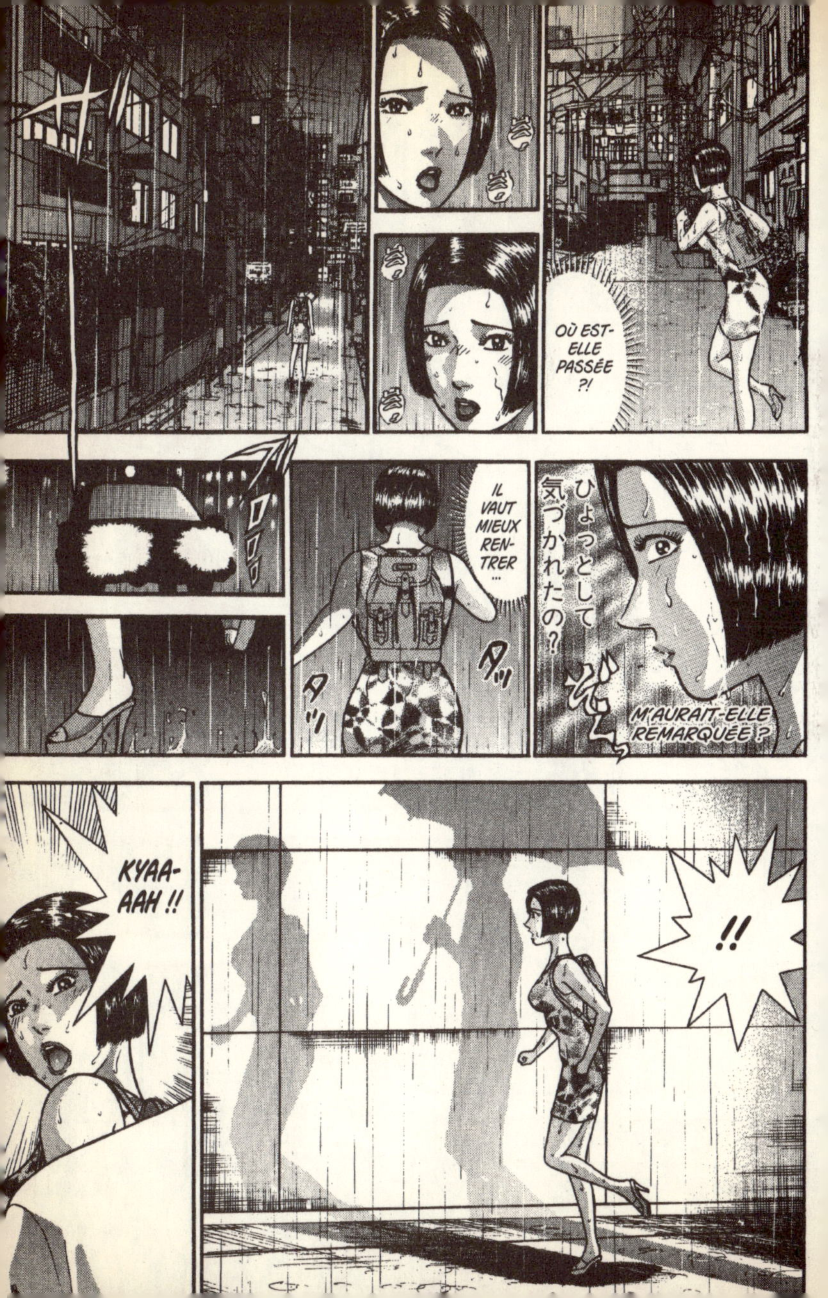
OÙ EST-ELLE PASSÉE ?!
ひょっとして気づかれたの?
M'AURAIT-ELLE REMARQUÉE ?
IL VAUT MIEUX RENTRER...
!!
KYAA-AAH !!

PARDON, VOUS M'AVEZ FAIT PEUR...
J'AI CRU QUE J'ÉTAIS SUIVIE...
COMMENT T'AS SU ?
COMMENT TU T'ES APERÇUE QUE JE TE SUIVAIS ?
?
?!
SI TU CRIES, JE TE BUTE.
TU VEUX PAS MOURIR, PAS VRAI ?
ALORS T'AS INTÉRÊT À LA FERMER, PIGÉ ? JE PLAISANTE PAS.
HÉ HÉ... SYMPA TON PARFUM.
ÇA M'EXCITE.

N... NON...
C'EST PAS VRAI...
AU SECOURS ...
À L'AIDE !
TAICHI...
?!

あ…あなたは!!
AH... ÇA ALORS !!

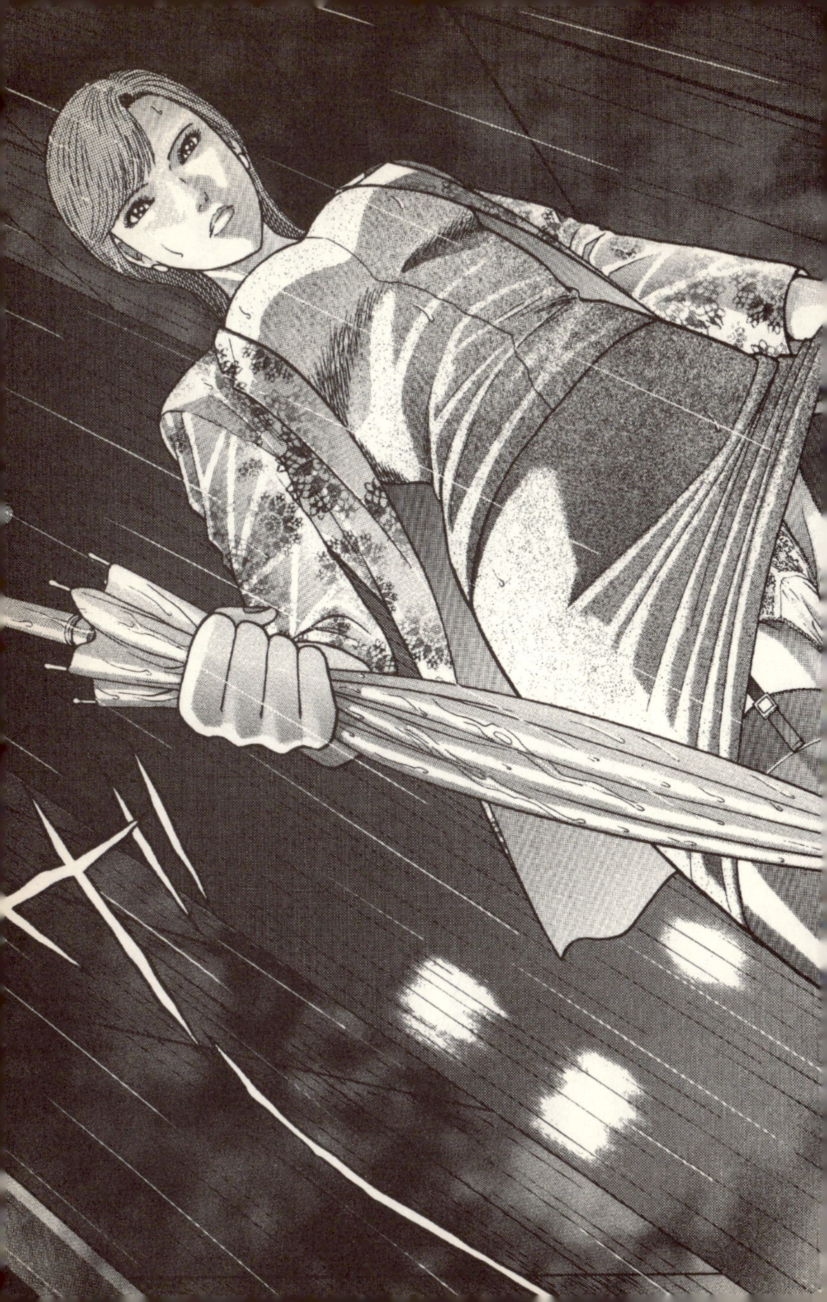

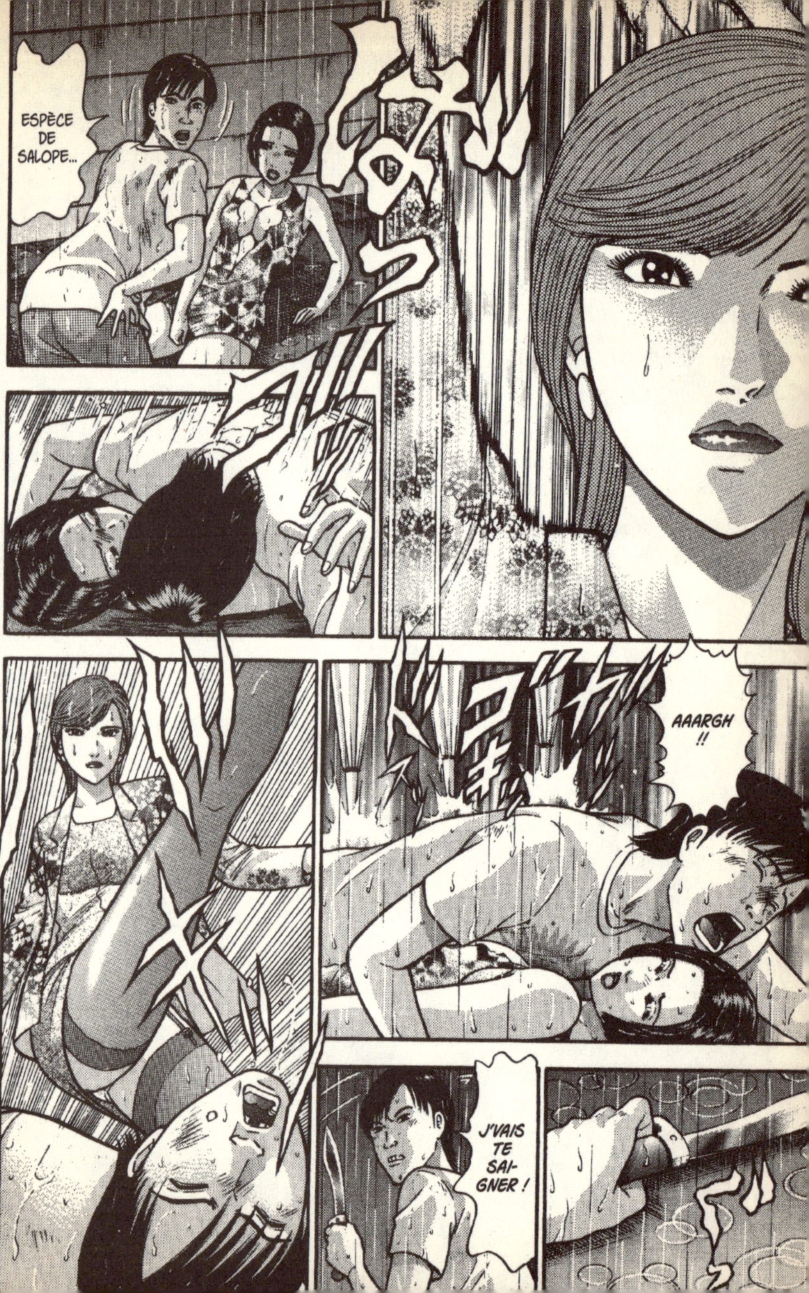
ESPÈCE DE SALOPE...
AAARGH !!
J'VAIS TE SAI-GNER !

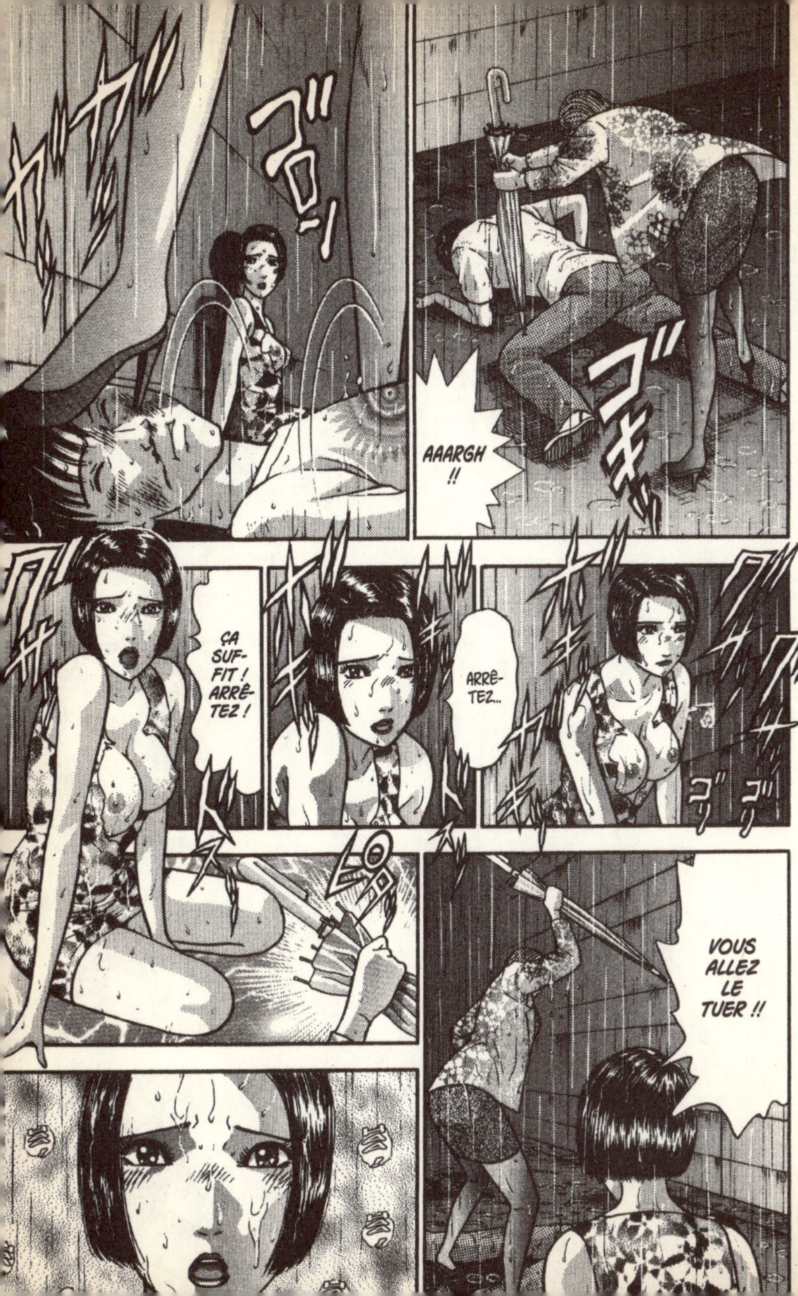
AAARGH !!
ÇA SUF-FIT ! ARRÊ-TEZ !
ARRÊ-TEZ...
VOUS ALLEZ LE TUER !!

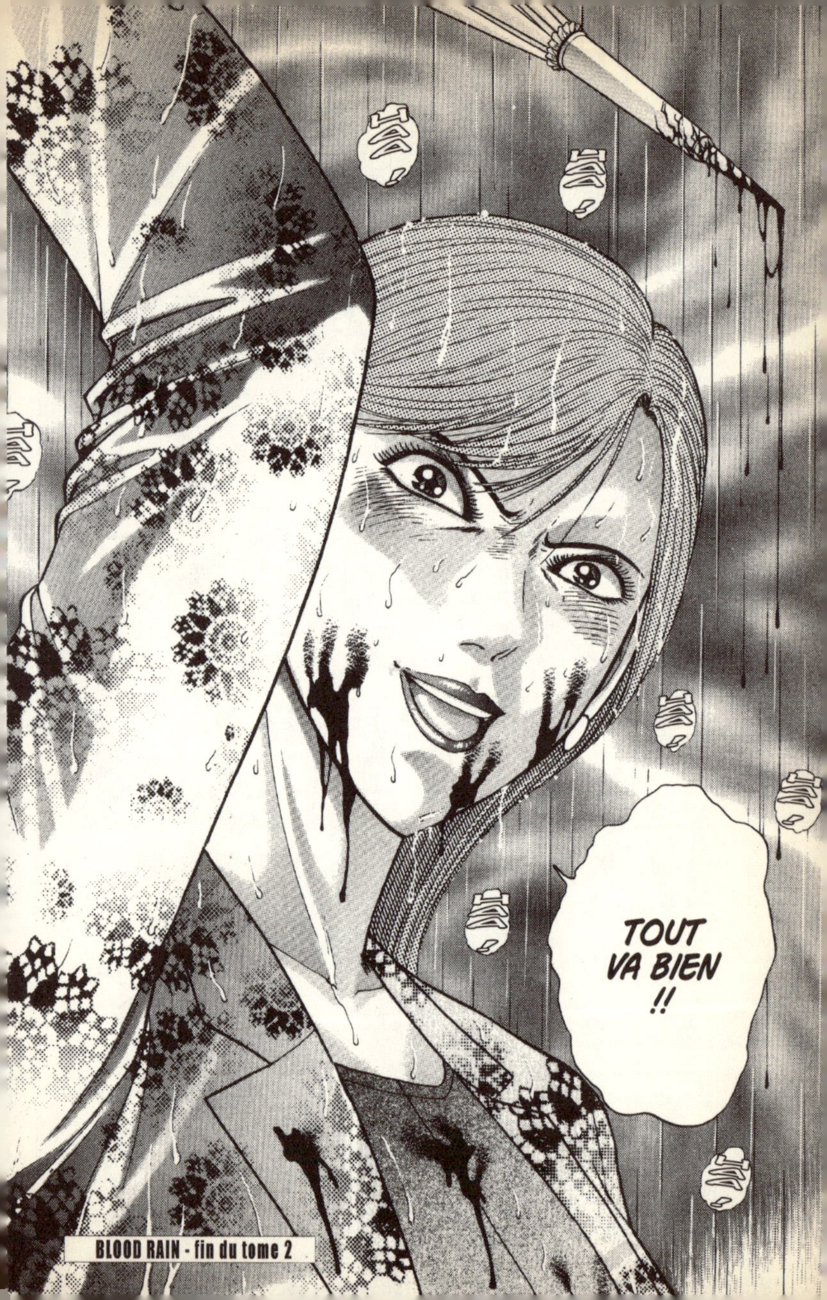
TOUT VA BIEN !!
BLOOD RAIN - fin du tome 2

Écrivez-nous à :
Soleil Manga
25, rue Titon
75011 Paris - France
manga@soleil-lesite.com

Titre original : Blood Rain volume 2

First published in Japan in 2000 by Akita Publishing Co., Ltd.
French translation rights arranged with Akita Publishing Co., Ltd
through TOHAN CORPORATION, TOKYO

247, avenue de la République
83000 Toulon - France
Traduction : Sylvain Chollet
Dépôt légal : Juin 2005
ISBN : 2-84565-975-X
Aubin Imprimeur - France
Distribution Hachette